Gianluca Antoni

IO NON TI LASCIO SOLO

Romanzo

SALANI EDITORE

ISBN 978-88-3100-013-0

*Questa opera è frutto della fantasia dell'autore.
Ogni riferimento a fatti realmente accaduti e a persone realmente esistenti
è da considerarsi puramente casuale.*

dal 1862
Gruppo editoriale Mauri Spagnol
Milano
www.salani.it

a Elia e Mattia
e Monica, la loro magica mamma

Oggi

I diari

Maresciallo
ovvero
di quando un martello pneumatico libera i diari

1.

Il maresciallo Giuseppe De Benedittis rigira i quaderni tra le mani. Nero l'uno, rosso l'altro.

Le copertine sporche di fango, gonfie, a stento riescono a trattenere le pagine. Odorano di muffa. Li sfoglia avanti e indietro.

Ogni pagina è ricoperta da una calligrafia infantile che si srotola precisa tra le righe sottili. Nel frontespizio un'unica parola, un nome: *Filo*, in quello nero; *Rullo*, in quello rosso.

L'inchiostro blu, identico nei due quaderni, è sbiadito ai margini fino a rasentare il grigio.

Indossa jeans e T-shirt imbiancati di calce, il ragazzo che li ha portati. È seduto di fronte a lui, il brigadiere ha già registrato i suoi dati anagrafici.

«Un caffè?» gli propone.

«Volentieri».

Manda il brigadiere al bar e il ragazzo comincia a raccontare.

Dice di aver trovato i quaderni nella casa di Guelfo Tabacci. Che ora, a essere precisi, è di proprietà di una coppia olandese.

Lavorava in cantina con il martello pneumatico per far spazio alle fondamenta quando una parte di muro si è sgretolata, liberandoli dalla nicchia dov'erano nascosti.

Gli ha dato un'occhiata, ha pensato fossero i quaderni di scuola del figlio di Guelfo, lui sapeva che aveva avuto un figlio, e li ha gettati tra i calcinacci.

Ma su quella carriola, mentre li portava di sopra, ha notato quanto fitta fosse quella scrittura. Di quella casa, e di Guelfo, il paese racconta le peggio cose. Racconta che Guelfo ha ucciso il figlio, e che nelle notti prive di vento si può ancora sentire il pianto di un bambino imprigionato.

«Non credevo a una sola parola, finché non ho dato un'occhiata ai diari» commenta.

Il brigadiere li interrompe. Appoggia il vassoio di metallo con due tazzine ed esce.

«Me li sono portati via e non ci crederà» continua il ragazzo mentre svuota la bustina dello zucchero, «li ho letti tutto d'un fiato, io che leggo sì e no i titoli dei quotidiani».

Due rapidi giri di cucchiaino, quindi butta giù il caffè in un solo sorso.

«I quaderni raccontano una storia incredibile ma vera, a quanto pare» dice eccitato. Il blu cobalto degli occhi si illumina come se riflettesse un raggio di sole. «Ho chiesto in giro, in paese. Chi c'era allora si ricorda bene di quell'estate. Dei bambini spariti. Delle ricerche dei carabinieri. Mi hanno riferito che lei era al comando».

«Chi glielo ha detto?»

«Amélie, la tipa della drogheria».

Il maresciallo appoggia la tazzina vuota sul vassoio.

«La bambina dei diari» aggiunge.

La bambina *coraggiosa* dei diari, vorrebbe precisare il maresciallo, ma se lo tiene per sé mentre ricorda di quella torrida mattina estiva in cui Amélie aveva abbassato il finestrino posteriore dopo avergli ordinato di frenare per permettere a Filo di raggiungere la macchina di servizio. E del parapiglia verbale nato tra loro su chi tra i due fosse stato più coraggioso nell'affrontare Guelfo Tabacci.

«Lo ha ucciso?» domanda il ragazzo a bruciapelo.

«Chi?» fa il maresciallo, preso in contropiede.

«Guelfo Tabacci. Ha ucciso il figlio?»

De Benedittis sfiora le copertine ruvide dei quaderni.

«Qui non c'è la risposta?»

«Non è chiara» dice il ragazzo e si gratta la nuca. «Ma a lei, che conosce bene il caso, i diari potrebbero rivelare la verità».

«Lo spero» risponde sottovoce, anche se, pensa, dopo quarant'anni di carriera e alle soglie della pensione, scoprire di non essere riuscito a mettere in gabbia un assassino non è il migliore dei congedi.

Osserva i calendari dell'Arma, appesi di sbieco, eleganti, sulla parete. Sospira.

«E Rullo?» chiede il ragazzo. «Che fine ha fatto?»

Il maresciallo prende il quaderno rosso. Legge le ultime righe e venti giri di una morsa gli schiacciano lo stomaco. Venti come gli anni passati da allora, che ripiombano attuali come se il tempo non fosse passato.

Una goccia di sudore gli scende dalle tempie. L'asciuga veloce, imbarazzato.

«Caldo» commenta.

Il ragazzo annuisce. Dice che deve tornare al lavoro. È già tanto se il suo capo gli ha concesso di venire.

Il maresciallo lo ringrazia e si alza per accompagnarlo alla porta. Prima di salutarlo il ragazzo gli chiede se restituirà i quaderni a Filo.

«Almeno lui è sopravvissuto, no?» sono le ultime parole che pronuncia mentre si allontana.

2.

Il sole filtra dalle persiane. Disegna delle linee arancioni, parallele, sulla scrivania. Il maresciallo De Benedittis chiude i diari, spegne la lampada. Si alza, sbadiglia, si stira.

Il Presidente della Repubblica, in bianco e nero, lo fissa serio dalla parete.

Distoglie lo sguardo e afferra il biglietto con l'indirizzo che il brigadiere gli ha lasciato.

Calcola un'ora di macchina. Può arrivare prima che Teofilo esca per andare al lavoro.

Si cambia. Indossa abiti borghesi e si mette alla guida.

Teofilo vive in una villetta bifamiliare in collina. In lontananza si vedono il mare e la città. Infila i diari nella borsa di cuoio e scende dall'auto.

Il calore del sole si fa già sentire, si preannuncia un'altra giornata afosa, senza vento.

Controlla il nome sul campanello e suona.

Dopo qualche minuto gli apre un uomo in boxer a righe e maglietta grigia, capelli scarmigliati e barba non fatta. Lo fissa con gli stessi occhi scuri e infantili di Filo.

«Buongiorno, sono il maresciallo...»

«So chi è lei» lo interrompe. «Come potrei scordarmi».

«È passato molto tempo».

«Già» risponde, e con un gesto lo invita a entrare, guidandolo in cucina. «Le dispiace se metto su la moka? Ho dormito poco e male» spiega.

«Io non ho dormito affatto».

«Anche lei soffre di insonnia?» chiede mentre traffica nella dispensa.

De Benedittis scuote la testa e si guarda attorno.

La cucina lineare color panna è pulita e ordinata in modo maniacale, da esposizione. Ogni oggetto è elegante e occupa lo spazio giusto, compresi il tavolo, le seggiole e le foto alle pareti.

Una immortala un bambino abbracciato a un cane.

«Quel bambino sono io» dice Teofilo. «E lui è Birillo. Se lo ricorda Birillo, no?»

Il maresciallo risponde di sì, di ricordarsi bene di Birillo, anche se non lo ha mai visto.

«E Rullo?» chiede con un sorriso.

«C'era anche lui con noi quel pomeriggio, ma era fuori inquadratura. Come sempre. Non voleva farsi fotografare, Rullo, mai» dice serio.

Teofilo rimane qualche istante immobile con lo sguardo trasognato, come se osservasse qualcosa oltre la foto, oltre il muro.

Improvvisamente si scuote e domanda al maresciallo quale sia il motivo della visita.

De Benedittis appoggia la borsa sul tavolo e sfila i diari.

«Nooo, non ci posso credere!»

Teofilo glieli strappa di mano, si allontana verso la finestra e inizia a sfogliarli, ad annusarli. Sorride.

«Mio padre l'aveva detto» sussurra.

«Cosa?»

Alza lo sguardo, lo fissa.

«Che sarebbero stati ritrovati».

L'aroma del caffè si diffonde nell'aria, Teofilo lo invita a sedere e a raccontargli del ritrovamento.

Mentre sorseggiano il caffè le parole corrono a ritroso nel tempo, fino a quell'estate, a lui e Rullo scomparsi, alle ricerche, al paese in subbuglio, ad Amélie e ai suoi nonni, a quel matto di Scacco e poi ancora più indietro, a molto prima, alla scomparsa di Tommaso, il figlio di

Guelfo Tabacci. E nel raccontare, il peso sullo stomaco del maresciallo, quel grumo spesso e duro, granello dopo granello, si rimpicciolisce fino a scomparire.

A metà mattina si ritrovano sulla porta di casa a salutarsi con un'energica stretta di mano.

«Le ho fatto fare tardi».

«Non si preoccupi, maresciallo. È stato davvero un piacere».

De Benedittis vorrebbe chiedergli di Birillo, poi nota il guinzaglio e il collare appeso al chiodo e mette a fuoco il nome sulla targhetta di metallo.

Sorride.

«Tenga da conto quei diari» lo ammonisce mentre scende le scale.

«Ci può giurare, maresciallo. Li trascriverò. Rullo merita di vivere».

Nei secoli dei secoli, pensa De Benedittis, mentre Teofilo gli chiude la porta alle spalle.

Vent'anni prima

La ricerca di Birillo

Diario di Filo
ovvero
di quando l'avventura comincia

Domenica

1.

«Che fai, vieni?» gli chiedo.

Rullo non risponde, mi guarda fisso. È seduto sul letto, con le gambe a penzoloni che sfiorano il pavimento. Dei batuffoli di polvere sbucano da sotto, sembrano nuvole in miniatura. Mi inginocchio e soffio, per ricacciarli al loro posto.

«Io comunque vado, anche da solo».

«E se ti succede qualcosa?»

«Non ti devi preoccupare. Non sarebbe colpa tua» rispondo. So che questo non basta certo a farlo stare tranquillo. È il mio migliore amico e in questo modo gli accendo un senso di colpa che la metà basta. E Rullo è il tipo da senso di colpa. A dire il vero, lui è il tipo con la gamma completa delle emozioni, a differenza di me.

«Allora, che fai, vieni?» insisto.

Mi alzo e sfrego le mani sui pantaloni. Poi osservo i palmi chiari. La pelle sembra plastica, liscia, con l'età diventa ruvida. Papà ce l'ha ruvida, ma lui fa il meccanico e, si sa, ai meccanici le mani diventano ruvide prima, a forza di lavare via il grasso con il sapone speciale, che sembra ci sia la sabbia dentro. Toglie tutto il nero, tranne sotto le unghie. Sotto le unghie non lo togli mai il grasso dei motori, anche se usi lo spazzolino.

«Se non vieni devi mantenere il segreto» gli faccio con uno sguardo severo. I suoi occhi scuri si piantano nei miei. *Ti puoi fidare*, dicono.

«Ho preparato tutto!»

Prendo lo zaino e lo trascino ai suoi piedi; è gonfio come un canotto. Slaccio le cinghie, allento la cordicella e allargo la chiusura.

«C'è tutto quello che ci serve» spiego. «Anche la tenda».

Rullo alza un sopracciglio, perplesso. «Non ci può stare anche una tenda».

Tiro fuori un fagotto verde militare grande come un uovo di pasqua e glielo sventolo sotto il naso.

«È tutta qui, una tenda per due. Papà dice che è fatta apposta per chi va in montagna. Non ci piove dentro nemmeno sotto un temporale, dice. Anche se lui non c'è mai stato sotto un temporale, dentro la tenda».

Fuori, sotto il temporale, purtroppo sì.

Il temporale è il mio incubo. Mi sveglia ogni notte. Io e Birillo camminiamo nel bosco in montagna. È primavera, e le foglie degli alberi sono verde chiaro. Il sole filtra in raggi di luce che si muovono allo sventolare dei rami. Birillo corre avanti e indietro, cerca i tartufi, scava con le zampe. Ha il muso sporco di terra umida e in bocca stringe delicatamente un tartufo. Lo afferro e lo metto nella sacca, mentre lui riparte: scava, trova e riporta. Birillo è felice e io pure. Gli batto una mano sulla testa e dico *bravo* ogni volta che ne trova uno. La mia sacca è piena, tanto che non so più dove metterli, i tartufi, da quanti ne ha trovati.

«Te l'ho raccontato l'incubo, no?» chiedo a Rullo.

Lui annuisce, sbuffando.

Ha ragione. Praticamente glielo racconto tutti i giorni. Spero sempre che raccontare un incubo serva a non ripeterlo. Invece l'ho fatto anche ieri notte.

L'angoscia mi prende quando tutto si fa nero, quando una nube gigantesca oscura il cielo. Il bosco diventa buio, si sente odore di pioggia e un vento forte comincia a scuotere gli alberi. Birillo mi si avvicina, appoggia il corpo tremante contro la mia gamba, con la coda tra le gambe e le orecchie tese a cogliere i tuoni in lontananza. Lo devo legare al guinzaglio, mi dico nel sogno, lo devo legare altrimenti Birillo scappa. È terrorizzato dai temporali. Il guinzaglio è nella sacca, sotto ai tartufi. I tuoni diventano più intensi e ravvicinati, so che devo fare in fretta. Comincio a togliere i tartufi dalla sacca, prima uno alla volta, poi a manciate intere, ma più ne tiro fuori più la sacca si riempie. Dico a Birillo di stare tranquillo, ma lui trema. Tiro fuori i tartufi ancora più velocemente, come un pescatore che svuota dall'acqua una barca bucata. Ormai il temporale è vicinissimo, il cielo tuona sempre più forte. Poi un lampo rende tutto bianco intorno a me, devo chiudere gli occhi. Il tuono rimbomba nell'istante in cui li riapro. La terra e gli alberi tremano. Sotto i miei piedi sembra che si stia risvegliando un vulcano. Sobbalzo e mi accorgo che Birillo è scappato. Grosse e gelide gocce piegano le foglie e mi colpiscono in faccia. Il mio cuore galoppa. Giro su me stesso come una trottola e intravedo Birillo che fugge verso la cima della montagna. Inizio a corrergli dietro ma le gambe affondano nel fango, pesanti, e mi impediscono di correre. Le trascino come uno zombie. Provo a chiamare Birillo ma riesco a emettere solo un sussurro che lui non può sentire. La pioggia scroscia, è buio, non vedo più niente. Lampi e tuoni si susseguono come vagoni di un treno infinito. Provo a chiamare Birillo con tutte le forze, finché finalmente urlo il suo nome.

È l'urlo che mi sveglia. Mi ritrovo seduto sul letto, madido di un sudore freddo. Tasto tremando la parete e accendo la luce. Getto lo sguardo sul materassino di Birillo. Metto a fuoco e mi stropiccio gli occhi per essere sicuro di vedere bene. E ogni volta vedo il materassino.

Lo vedo bene, benissimo. Sempre vuoto.

Birillo non c'è più, per colpa di papà.

2.

Mi torna in mente mio padre impalato all'ingresso e zuppo d'acqua.

Gli stivali di gomma sporchi di fango, la cerata lucida, i capelli neri appiccicati alla fronte e gli occhi bassi che non mi vogliono guardare. Dalla mano gli pende il guinzaglio, che oscilla avanti e indietro schizzando gocce d'acqua sul pavimento.

Sono ore che aspetto alla finestra. Poi finalmente l'auto nel vialetto. La luce dei fanali fa brillare la pioggia. Esco dalla camera e scendo le scale. Mi siedo sull'ultimo gradino, come faccio sempre. Perché quando papà aprirà il portone Birillo mi correrà incontro, felice, e mi salterà addosso, mi leccherà il viso e le orecchie. Lo abbraccerò, me lo spupazzerò, come sempre. Come ogni volta che torna a casa dopo essere stato a tartufi.

«Dov'è?» chiedo.

Birillo non c'è, c'è solo mio padre. Mio padre che non

risponde, mio padre che se ne sta zitto come una statua. Così glielo chiedo urlando, dov'è Birillo, per farmi sentire. E intanto una palla da basket mi riempie la pancia, e qualcuno la gonfia, e tra poco mi toglierà il respiro.

«Non lo so» fa lui.

«Come *non lo sai*? Non puoi non saperlo!»

«È scappato, Filo, al primo tuono è scappato. Gli sono corso dietro, ma è sparito».

Fisso la pozzanghera che si sta formando sotto di lui e che si allarga veloce.

«È uno scherzo» ribatto. «Birillo è in macchina e tu mi stai facendo un brutto scherzo».

Mi alzo e corro fuori, incurante della pioggia gelida che mi colpisce il viso. Raggiungo la macchina e apro il portellone del bagagliaio, da dove mi aspetto che Birillo mi salti addosso e mi faccia cascare all'indietro. Voglio cascare all'indietro sotto il suo peso. E non mi importa se sbatto la testa o la schiena o se mi faccio male, anche tanto. Perché tutto il male del mondo è niente in confronto alla palla da basket che mi si gonfia dentro.

Nel bagagliaio però c'è solo la sacca dei tartufi, vuota. L'afferro e la lancio con tutta la forza sulla strada.

«BIRILLO, NOOO!!!» urlo. Mi lascio cadere a terra, floscio, come se qualcuno mi avesse tolto lo scheletro. Di me non rimane niente, solo la pelle e gli organi, spalmati sul prato.

Piango rannicchiato a terra. Il gelo dei vestiti zuppi attaccati alla pelle mi sfiora appena. La palla da basket è scoppiata. Era di vetro. Le schegge mi trafiggono dentro, e fanno male, male da morire.

«Dai, torna dentro».

Sento il calore del fiato sull'orecchio, una mano sulla spalla. Mi scanso. «Non mi toccare!» urlo.

«Va bene» risponde mio padre. «Non ti tocco, però rientra».

«No, io senza Birillo non voglio più entrarci in casa».

«Tu invece ci rientri in casa, qui ti prendi un accidente. Sei tutto bagnato».

«Non me ne importa!»

«Importa a me» replica duro.

«Se t'importasse di me non avresti lasciato scappare Birillo» ribatto.

«Non è così».

Mi prende per un braccio e cerca di tirarmi su, ma io faccio resistenza. Due morse mi afferrano sotto le braccia, scalcio ma mi trascinano di forza. Papà dice di smetterla di fare il bambino, che fare i capricci non cambia le cose. Due strisce di fango parallele tagliano il prato dietro di me. Vengo abbandonato sul pavimento bagnato dell'ingresso e lì rimango arrotolato come un serpente.

«Dai, spogliati!»

«Scordatelo».

«Ora mi fai arrabbiare, Filo!» minaccia, gettandosi su di me e sfilandomi un vestito dietro l'altro. Provo a opporre resistenza ma lui è molto più forte e mi strofina con un asciugamano. Mi infila dei vestiti asciutti.

Poi mi porta di peso in cucina, mi fa sedere al tavolo e inizia a trafficare tra il frigo e i fornelli per preparare la cena. Sbatte due uova, le strapazza e le butta nell'olio, con una mano controlla la cottura e con l'altra afferra la bottiglia di vino rosso e ne tracanna un lungo sorso.

«Potresti apparecchiare piuttosto che continuare a piagnucolare!» mi fa.

Io tiro su col naso e rimango immobile con le braccia incrociate al petto.

Spegne i fuochi, svuota un barattolo di fagioli nella

terrina e li condisce. Taglia delle fette di pane come un boscaiolo. Sbatte i piatti, i bicchieri, le posate e tutte le pietanze sul tavolo mentre mi ordina di mangiare.

«La frittata mi fa schifo!» dico.

Lui mangia a quattro ganasce, svuotando un bicchiere di vino dietro l'altro. Io non tocco cibo.

«Ti fa schifo? Bene. Allora non mangi».

Afferra il mio piatto e lo lancia con violenza nella spazzatura.

«Se solo ti vedesse tua madre» commenta.

Ma mamma non può vedermi, purtroppo.

«Ascolta, Filo» fa lui sospirando e abbassando la voce. «Il temporale è arrivato all'improvviso. Il tuono ha spaventato anche me. Non potevo prevederlo».

Mi racconta che ha inseguito Birillo per un'ora. Erano in mezzo al bosco e c'era il diluvio universale, non si vedeva un accidenti. Lo ha chiamato in lungo e in largo fino a che non ha fatto buio. Birillo probabilmente si è rifugiato da qualche parte.

«Ma tu lo sapevi che Birillo ha paura dei temporali! Dovevi starci attento!»

«Te l'ho detto, il temporale ci ha preso all'improvviso».

«Non è vero! Quando arriva un temporale si vede. Il cielo diventa tutto scuro!»

«Eravamo dentro al bosco, Filo, non si riusciva a vedere il cielo».

«Non è vero!» quasi urlo. «Se c'ero io non succedeva».

«Succedeva lo stesso».

«No, perché io non sarei stato ubriaco!»

Il dolore alla guancia arriva ancora prima di accorgermi dello schiaffone, tanto è veloce, brucia come se mi avessero appoggiato un ferro da stiro. Prima d'ora mio padre non mi aveva mai sfiorato con un dito.

Mi alzo, trattenendo le lacrime a fatica.

Lui mi punta l'indice. «Che non succeda mai più di mancarmi di rispetto! Mai più!»

Io lo fisso negli occhi e poi gli grido che è il padre più cattivo del mondo, che lo odio.

E corro via, su per le scale.

Mi chiudo in camera e infilo la testa sotto il cuscino, battendo i pugni sul materasso fino a perdere le forze.

Lunedì

3.

«Non vuoi che ti accompagni?» mi fa papà.

Il pullman nero sosta in mezzo al parcheggio, con i vetri oscurati e gli sportelli del bagagliaio aperti come ali mozzate, sembra un calabrone atterrato dallo spazio.

Intorno, sparpagliati ci sono gruppetti di boyscout e genitori. C'è anche Sebastian, è il capo scout, il più alto e il più grande di tutti. Indossa il cappellone a falda larga per ripararsi dal sole.

L'orologio nel cruscotto indica le otto e ventidue. Sono le otto e ventidue e fa già caldo.

«No. Non occorre» rispondo. «Vai pure a lavorare».

«Ti vergogni a farti vedere con me?» chiede.

«No» rispondo.

Guardo fuori. Qualcuno comincia a salire sul pullman. Cerco Rullo, ma non lo vedo.

Faccio per aprire la portiera ma papà mi afferra l'avambraccio, bloccandomi; i suoi occhi scuri mi scrutano e per un attimo temo che possa aver capito il piano e che voglia fermarmi. Sento la disperazione salire in gola e le guance avvampare.

«Non mi hai ancora perdonato» fa lui.

Deglutisco, butto fuori l'aria dai polmoni e abbasso lo sguardo.

«Sì, papà. Ti ho perdonato» mento.

Anche le orecchie avvampano ora, ma per mia fortuna sono coperte dal cappello.

«Sei sempre imbronciato» dice lui. «Non parliamo più come una volta».

«Ti ho perdonato» insisto. Alzo gli occhi per incrociare i suoi ma mi ricadono sul tappetino grigio topo.

«Bene» fa lui. «Ora vai».

Spalanco la portiera e scendo. Dal bagagliaio tiro fuori lo zaino, lo indosso, poi mi dirigo dalla parte del guidatore. Papà ha tirato giù il finestrino. Ha il gomito di fuori e si è acceso una sigaretta. Mentre soffia via il fumo infila una mano nel taschino della camicia e mi allunga una banconota.

«Non mi serve» dico.

«Non si sa mai» ribatte.

Stringo le labbra, la prendo e la metto in tasca.

Lancio un'occhiata verso il pullman: una serie di macchine parcheggiate mi nascondono alla vista. Bene.

«Ora vai» fa papà.

«Vado» dico.

Papà dà un colpo di gas e mette la prima, poi si volta verso di me e apre la bocca come se volesse dire qualcosa ma alla fine ci ripensa.

Mi fa un cenno con la mano. La sventola. Io sventolo la mia.

Parte.

Aspetto che l'auto sparisca allo stop, poi mi abbasso e corro a nascondermi dietro il muro di cinta della scuola.

L'appuntamento con Rullo è qui. Scruto di nascosto il pullman.

Sebastian sale. Il capannello dei genitori comincia a sbracciarsi in segno di saluto e dopo qualche istante le porte si chiudono.

Rullo ha deciso di non venire.

Sbatto il cappellone da scout a terra, mi siedo contro il muro, ginocchia al petto e mani tra i capelli. Scuoto la testa e stringo i pugni.

Meglio soli che mal accompagnati, recita un detto. Un'emerita boiata, penso io.

Meglio mal accompagnati da un amico cacasotto che soli, decisamente meglio.

Soprattutto se sei solo un ragazzino e ti attendono giornate in montagna, in mezzo ai boschi, alla ricerca del tuo cane.

Diario di Rullo
ovvero
di quando scopro di essere immortale, per gli extraterrestri

Domenica

1.

«Allora, che fai, vieni?» mi chiede.

Filo traffica sotto il letto, in ginocchio, cerca qualcosa. Soffia e spazzola le mani sui calzoni, osserva i palmi chiari come quelli di mamma. Mamma che fa l'impiegata e le mani le usa per scrivere, al lavoro. A casa invece le usa per fare le faccende. Ci cucina, con le mani. Ci pulisce, ci stira, ci carica la lavatrice, ci stende i panni. Poi ci mette su la crema, una crema bianca, densa, uno yogurt di crema. Se le strofina a lungo. Rimangono lucide, le mani, per un po', e profumano di rosa. Le annuso facendo finta di essere Birillo. Mi metto pure a quattro zampe, mugolo, e mamma ride. Ride di gusto e mi dice di non fare lo sciocco, mi accarezza il viso. Io appoggio la guancia sulla sua mano, è morbida come un cuscino. Poi dice ora basta, sei grande per queste cose, ma lo dice con un sorriso.

«Se non vieni devi mantenere il segreto» dice Filo. Mi fissa. Lo fisso. Io mantengo i segreti, ci puoi giurare che li mantengo. Io sono muto quando si tratta di segreti, e non parlo.

Filo dice di aver preparato tutto e trascina lo zaino ai

miei piedi. Slaccia le cinghie e tira fuori un fagotto verde militare. Me lo sventola sotto il naso, contiene una tenda.

Una tenda per due.

La scusa di non poter andare perché non ho la tenda va a quel paese.

Vorrei andare, ma ho paura. Ho paura che ci succeda qualcosa. Ho paura che ci scoprano, e che non servirà a niente. Ecco, soprattutto di questo ho paura, che non servirà a niente.

«Te l'ho raccontato l'incubo, no?» dice Filo.

Annuisco, e sbuffo.

Milioni di volte me l'ha raccontato, l'incubo, sempre uguale. Quando una storia è sempre uguale diventa noiosa. Quindi sbuffo, anche se mi dispiace.

Scendo dal letto. Mi metto in piedi. Dico a Filo che ci dormo sopra e che domani mattina decido.

Però mi sa che non vengo, dico.

Non voglio che ci rimanga male se non vengo.

Lui punta gli occhi scuri su di me e non risponde.

Ma si capisce che gli dispiace.

Lunedì

2.

Siedo in fondo al pullman, nell'angolo. Il mondo fuori è più scuro della realtà, mi sembra di indossare un paio di occhiali da sole. I miei compagni sono ancora giù, con i genitori. Urlano e ridono. Ma è come avere i tappi nelle orecchie, oltre agli occhiali da sole. Le urla entrano dalle porte aperte. Quando Sebastian dice che bisogna andare, i boyscout cominciano a salutare e salire. Le lancette dell'orologio sopra l'autista, nere su sfondo bianco, indicano le otto e ventitré; tra sette minuti si parte e Filo non si è fatto vivo.

Ho deciso di non accompagnarlo. Io non sono come Filo, io sono pauroso. Lui se la caverà meglio senza di me, ho pensato stamattina appena sveglio. Ora però non sono più tanto sicuro di non volerci andare. Di essere di peso sì, quello sempre. La paura non passa come un raffreddore.

Sebastian sale sul pullman, tiene in mano una cartellina verde con un gancio di metallo in cima. Con la matita spunta dall'elenco tutti i presenti. Arriva fino al mio angolo. Io sono l'ultimo. Controlla l'elenco e sussurra che siamo tutti, poi si volta, cammina spedito lungo il corridoio e quando arriva in cima ordina di fare poco chiasso. Tutti si zittiscono. Quando sarò grande vorrei diventare un capo come lui, penso.

Sebastian fa un cenno all'autista che mette in moto e chiude le porte. Mi affloscio sul sedile, guardo fuori. Il sole picchia già duro. È agosto. In montagna si starà meglio, penso.

Sì, ma non senza Filo.

Chiedo permesso, sfilo dal sedile e corro lungo il corridoio.

Sebastian è seduto davanti.

«Mi sento poco bene, ho nausea e vomito» gli dico.

Mi fissa. Ha occhi grandi e buoni, la barba dorata, morbida e a chiazze.

Mi appoggia una mano sulla fronte. «Non hai la febbre».

«Sarà un virus intestinale» la butto lì.

«Davvero non ce la fai?»

Annuisco e abbasso la testa, faccio finta di essere abbattuto e malaticcio.

Sfila dal taschino il blocchetto e la penna. Scrive un numero e strappa il foglietto.

«Il numero del rifugio più vicino al posto dove ci accampiamo» mi dice. «Fammi chiamare da tua madre, mi raccomando» aggiunge.

Rispondo va bene, grazie.

L'autista apre la porta. È un ciccione con la camicia bianca e i pantaloni blu. Non porta il cappello come gli autisti dei film. Ha il cranio stempiato e i capelli bianchi sopra le orecchie.

«Devo prendere lo zaino» gli dico.

Lui borbotta, scende, apre il portello e dopo avermelo passato risale. Mostro il pollice all'insù a Sebastian.

Due colpi di gas, la porta si chiude, e il pullman parte.

Mi guardo intorno e corro nel punto dove ci siamo dati appuntamento.

Trovo Filo rannicchiato a terra, pugni nei capelli, che scuote la testa.

«Non disperarti, vengo!» lo punzecchio.

Lui alza il capo e mi fissa. Trattiene un sorriso, ma solo perché è orgoglioso e non vuole mostrarmi di essere contento.

«Non eri nella lista» gli dico.

«Ho chiamato ieri Sebastian per dirgli che avevo un febbrone da cavallo e non sarei andato. Tu che gli hai detto?»

«Che a mia nonna ha preso un infarto» scherzo.

«Me se i tuoi nonni sono tutti morti».

«Appunto, per questo posso usarli come scusa».

«Scemo!» mi dice.

Ma si vede che non lo pensa.

3.

Filo mi spiega che il modo migliore per non essere notati è risalire il letto del fiume. Ad agosto il livello dell'acqua è basso. Possiamo guadarlo, la corrente è lenta, non fa paura. Se incontriamo qualcuno non diamo nell'occhio. Boyscout in escursione.

Lui è il comandante; io il soldato semplice, ma mi sta bene così. Non sono fatto per comandare io, non ora. Quando sarò grande chissà. Ora no.

«Se manteniamo un buon passo possiamo raggiungere le montagne già stasera» continua. «Sono quaranta chilometri. Poi dovremo lasciare il fiume, attraversare una valle e risalire la montagna. Già domani nel pomeriggio saremo nel punto X».

Partiamo spediti, ma dopo due ore di cammino già mi lamento. «Potevamo fare l'autostop».

«No che non potevamo, Rullo».

«Perché?»

Filo si ferma e si volta. Indossa il cappello da scout. Ai lati sbucano i capelli neri che gli arrivano al fazzolettone rosso e blu legato intorno al collo. È di cotone, identico al mio, come la camicia azzurra e i pantaloni corti di velluto blu. Anche la nostra altezza è uguale. Stessa corporatura, ma lui è un po' più robusto.

«Rullo, non ti sembrano sospetti due ragazzini che fanno l'autostop? Ci porterebbero dritti dritti alla polizia».

«Allora un autobus. Potevamo prendere un autobus».

«Così ci trovavano subito! Da dove pensi che la polizia cominci a cercare?»

«Da dove?»

«Dalla stazione degli autobus».

Si rimette in marcia. Io dietro. Mi dice che sapevo cosa dovevamo fare, che sapevo che non era facile e che c'era da camminare molto e da nascondersi, che potrebbe durare giorni, forse settimane, addirittura qualche mese, se le cose si mettono male. Me lo dice ad alta voce. Col fiatone. Si ferma e si gira.

«Fai ancora in tempo» mi fa.

«In tempo?»

«A tornare a casa».

Scuoto la testa. «A casa non torno».

«Va bene» dice. «Hai fame?»

Annuisco.

Ci sediamo all'ombra di un salice. Il fiume disegna una mezza curva. L'acqua ha un color crema che non viene voglia di farci il bagno, neanche col caldo che fa. Ci togliamo gli scarponcini e i calzini. Muovo le dita dei piedi che danzano e ringraziano.

Tira fuori i panini e me ne passa uno al tonno e maionese.

«La maionese non fa bene, appesantisce il fegato, dice sempre papà» mi confida. «Io gli vorrei ribattere che anche l'alcol appesantisce il fegato. Ma non glielo dico».

«E fai bene» commento. Perché quando il padre di Filo si arrabbia è una furia matta. Ho assistito una sola volta, e mi basta finché campo.

Bevo un sorso d'acqua dalla borraccia. Filo ha la sua.

«Quando finiamo le scorte di cibo cosa facciamo?» domando.

«Io ho un po' di soldi».

«E quando finiamo i soldi?»

«Siamo scout, giusto?»

Annuisco.

«Quindi ce la caveremo» dice risoluto.

Prende la mappa dalla tasca dello zaino e la apre. Ai quattro angoli ci sistema dei sassi. Mi inginocchio al suo fianco, spazzo con la mano le molliche e chiedo dove siamo.

«Circa qui» punta l'indice. «Questa deve essere la curva del fiume».

Si volta e me la indica.

«Noi dobbiamo arrivare qui. Dove c'è la X» continua. «Qui piazzeremo il nostro campo base. E cominceremo le ricerche. In modo concentrico».

«*Concentrico*?» domando.

«Vedi questi cerchi?» mi spiega. «Li ho fatti col compasso. Il cerchio più piccolo ha un raggio di un chilometro. Quello un po' più grande di due. Il terzo di tre e così via».

Conto i cerchi. «E se quindici non bastano?»

«Ho il compasso con me» risponde.

Io non me ne intendo di mappe, ma l'area mi sembra troppo vasta. Abbiamo solo dodici giorni, se ci va bene. Quando mamma non mi vedrà scendere dal pullman chiamerà la polizia, di sicuro, forse prima, se sospetta qualcosa. Oppure sarà Sebastian a chiamare la polizia se mamma non lo chiama. Di sicuro non lo dico a Filo che Sebastian aspetta la chiamata di mamma, altrimenti si arrabbia e mi lascia solo e io non saprei cosa fare. Sarei perso: un soldato semplice senza comandante è perso.

Filo piega la mappa. Infila i calzini e gli scarponcini.

«In marcia! Non possiamo riposare».

«Quindici cerchi è un'area grandissima» borbotto.

4.

Al tramonto ci accampiamo su un'ansa del fiume. Il cielo è libero da nubi quindi piantare la tenda sul banco di sabbia è sicuro. Srotolo la tenda e la distendo a terra girandola in modo che l'apertura sia riparata dal vento. Filo intanto prepara i paletti in alluminio, poi li picchettiamo. Il terreno è morbido, non occorrono pietre. Osserviamo l'opera: la tenda sembra una vasca verde militare rovesciata.

Il fiume si è ridotto a un torrente trasparente. Ci sediamo su un masso coi piedi a mollo. L'acqua è piacevolmente gelida. Venere è accesa, bassa nel cielo; tra poco seguirà il sole.

Filo afferra un sasso piatto e lo tira cercando di farlo rimbalzare. Al secondo rimbalzo viene risucchiato dall'acqua. Fa qualche altro tiro con lo stesso risultato.

«Sei una schiappa!» dico.

«Provaci tu, sapientone!»

Mi allungo per afferrare dei sassi tondi e piatti. Li lancio, uno alla volta. Neanche uno dei sassi fa più di tre rimbalzi.

«Chi è una schiappa?» chiede.

Getto i sassi rimasti e cambio discorso.

«Accendiamo il fuoco?»

«No» risponde. «Potrebbero vederci».

«Io ho paura del buio» sussurro.

«Ma c'è la luna».

«Ho paura lo stesso».

«Non me l'avevi detto».

«Invece sì, lo sapevi».

«Non lo sapevo».

«Non potevi non saperlo».

«Ho una torcia».

«Non è lo stesso».

Dico che il fuoco crea un cerchio di luce tutto intorno e tiene lontano gli animali. La torcia li attrae, gli animali.

Così alla fine scaviamo una buca, la circondiamo con delle pietre e poi ci buttiamo dentro della legna e della sterpaglia. Accendiamo tutto con lo zippo del padre di Filo. Ravviviamo il fuoco con il cappellone da scout. Cerchiamo dei rami più grandi e poi ci sediamo lì vicino.

Mangiamo in silenzio due scatole di fagioli e due pesche. Sopra di noi il cielo blu scuro è tappezzato di stelle.

Finita la cena Filo mi fa cenno di seguirlo.

Si allontana dal fuoco in un luogo buio. Lo seguo anche se il buio mi fa paura.

Si distende sull'erba, le mani incrociate dietro la nuca.

«Vieni anche tu» mi fa.

Obbedisco.

Guardo in alto e rimango a bocca aperta. Le stelle sono raddoppiate, qui. C'è solo una nuvola bianca in cielo, quasi trasparente. Sembra un arco. O un anello gigante visto da dentro. Oppure un arcobaleno bianco, proprio sopra di noi. Lo dico a Filo.

«Non è una nuvola» fa lui.

«E cos'è, allora?»

«La via lattea».

Filo mi spiega che il sistema solare è un ammasso di stelle molto fitto, un disco gigantesco di stelle e pianeti, come un enorme ufo. Per attraversarlo da parte a parte, un razzo alla velocità della luce ci metterebbe centomila anni.

«Cavoli!»

Penso che centomila è un numero pazzesco, solo a contarlo ci si mette un botto di tempo. Immagino il razzo, un missile bianco a forma di supposta con degli oblò per guardare fuori, che viaggia nello spazio per centomila anni.

«Se un extraterrestre arriva sulla Terra deve essere molto molto vecchio» commento.

Rimaniamo per qualche minuto in silenzio, poi mi accorgo dei grilli. Stanno facendo un chiasso pazzesco. Caccio un urlo e si azzittiscono. Cavoli, che potere.

«Che ti prende?» domanda Filo.

«Niente. I grilli» rispondo.

Intanto ricominciano a cantare. Prima uno, coraggioso, poi un altro, infine tutti.

Si capisce che ho il potere di una farfalla.

«Sai che molte di quelle stelle non ci sono più?»

«Davvero?»

«Sono talmente lontane» spiega Filo, «che la luce è partita quando esistevano, milioni di anni fa, ma nel frattempo si sono spente».

«Quindi il cielo che vediamo è il cielo com'era milioni di anni fa».

«Esatto, Rullo».

«Quindi se qualcuno ci sta guardando al telescopio da uno di quei pianeti è milioni di anni avanti nel futuro».

«Esatto».

«E noi siamo già morti».

«Da un bel pezzo».

«Ma per quell'extraterrestre no».

«No, per lui no. Per lui saremo vivi, come sono vive per noi tutte le stelle che vediamo in questo istante».

«Fico!»

«Cosa c'è di fico?»

«Come *cosa c'è di fico*, Filo!» Mi alzo di scatto, eccitato. «Questo ci rende immortali!»

Il grugnito di un cinghiale spegne di botto il frinire dei grilli. Lo scalpiccio vicino degli zoccoli mi fa rizzare ogni singolo pelo e la mia certezza di immortalità crolla in un batter di ciglia.

Martedì

5.

Filo ha rifatto il sogno. Me lo racconta mentre facciamo colazione. Biscotti e succo di frutta all'albicocca.

Birillo che scappava. Questa volta c'era anche un uomo gigante con la barba a inseguirlo, era uno zombie. Poi tutto uguale, tranne l'urlo. Non ha chiamato Birillo nel sogno, non ci ha neanche provato, ha solo sussurrato: Birillo, torno, torno a prenderti. Aspettami.

«Almeno il finale è cambiato» commento annoiato.

«È proprio un piacere raccontarti cosa sogno» dice lui stizzito.

«Filo, è sempre lo stesso, sei un disco rotto».

«Non li comando io, i sogni» ribatte sottovoce.

Pieghiamo i sacchi a pelo e smontiamo la tenda. Il sole è già alto, l'aria ancora fresca. Filo studia la mappa, poi ci incamminiamo. Al ponte usciamo dal letto del fiume e percorriamo una stretta strada asfaltata per un chilometro. Al rumore di ogni macchina ci nascondiamo ai lati, accucciati a terra come Birillo che punta un fagiano. La strada sbuca a un incrocio con semaforo. Ci troviamo nella zona artigianale di un centro abitato. Qui è impossibile nasconderci, ma le vie sono quasi deserte e i capannoni quasi tutti chiusi. Tutti in ferie, al mare.

Poco prima del centro troviamo un supermercato: è abbastanza grande e il parcheggio è pieno di macchine. Bene, nella folla è più facile passare inosservati. Fuori c'è pure una cabina telefonica. Nascondiamo gli zaini dietro il muretto di cinta. Lascio anche il cappellone e la camicia da scout. Metto la maglietta e il capellino da baseball. Filo pure.

«Vado a fare un po' di spesa» dice. «Tu vai a chiamare casa, di' che il viaggio è andato bene e che ora saliamo in montagna e non sarà più possibile chiamare nei prossimi giorni. Così possiamo stare tranquilli che non ci cerchino».

«Hai le monete?»

«Ho le monete».

«Pensi sempre a tutto, tu» gli dico.

«Se penso, non sento. Ed è un bene».

6.

Chiamo mamma al lavoro.

«Pronto» fa lei.

«Mamma!» dico io.

«Ciao tesoro» dice lei. E qui mi sciolgo. Vorrei tornare a casa. «È successo qualcosa?»

Il tono è preoccupato. Mamma è sempre un po' preoccupata.

«Niente» rispondo.

«Dove sei?»

«Non lo so di preciso. In un paesino. Tra poco saliamo in montagna».

«Stai bene?»

«Sì, bene».

«Sicuro?»

Perché mamma mi legge sempre dentro? Deve avere dei superpoteri.

Prendo fiato. «Ho paura di non divertirmi» dico.

«Vedrai, tesoro, ti divertirai. Anche l'anno scorso hai fatto lo stesso. Mi hai chiamato prima di salire in montagna. Poi quando sei sceso eri contento, ricordi?»

«Non ricordo».

«Fidati, vedrai che ti farà bene stare in mezzo ai tuoi compagni e alla natura».

Vorrei confessarle la verità. Poi penso a Filo, a Birillo. E a Filo e Birillo insieme, che giocano. Quindi dico che ha ragione, che starò bene, che tornerò giù contento dalla montagna.

«Così mi piaci, tesoro».

«Mamma, lo sapevi che un extraterrestre può vederci anche se siamo morti?»

«Davvero, e come fa?»

«Semplice, guarda il passato».

«Se è per questo lo facciamo anche noi umani».

«Con il telescopio?» chiedo.

«No, tesoro mio, noi lo facciamo con il ricordo. Se ricordiamo qualcuno che è morto lo riportiamo in vita».

«Fico!» commento.

«Non sempre» aggiunge lei, la sento tirare su con il naso.

«Che c'è?»

«Niente. Ora devo chiudere. Ho un milione di cose da fare».

«Va bene».

«Fai il bravo» mi raccomanda. «E divertiti».

«Ci provo».

Mi saluta e riattacca. Ritiro le monete rimaste, esco dalla cabina, abbasso la visiera del cappellino sul viso e attraverso svelto il parcheggio.

Filo arriva dopo un po'.

«Tutto a posto?» mi chiede.

Annuisco.

Ci rimettiamo gli zaini in spalla. Usciamo dal centro abitato e dalla strada. Seguiamo un fosso fino a quando non troviamo il sentiero che sale la montagna.

Più saliamo, più mi prende lo sconforto: penso alla galassia, all'extraterrestre che ci guarda, a quanto siamo piccoli. E a come ci sentiamo grandi invece, nel voler fare questa cosa. Ma grandi non siamo. Siamo come un sassolino di questo sentiero contro il mondo intero, basta un niente per spazzarci via.

«Non ce la faremo» dico.

Filo si ferma, si volta e mi guarda duro.

Il caldo è insopportabile. Mi tolgo il cappellino. Mi asciugo la fronte.

«Non dire queste cose» fa lui.

«Ma le penso».

«Allora pensale e basta».

Filo riprende la marcia, veloce, io cerco di stargli dietro ma non ce la faccio. Gli urlo di rallentare ma lui non mi ascolta. Le mie gambe sono due tronchi, ho il fiatone e sono tutto sudato. Le lacrime si mischiano al sudore. Le sento in bocca, salate. Il sentiero entra in un bosco. Non vedo più Filo. Mi fermo, prendo fiato e lo chiamo con quanta voce ho in gola, ma lui non risponde. Proseguo con fatica. Entro nel bosco. Dopo circa mezz'ora il sentiero si divide in due. Guardo a terra, cerco le impronte, ma il sentiero è di pietra e sassi. Ne provo uno, poi torno indietro. Provo l'altro. Chiamo ancora Filo. Metto i palmi dietro le orecchie. Sento solo le foglie mosse dal vento. L'aria è scura. Penetra qualche sottile raggio di sole che disegna delle lame di luce. Le mie gambe tremano. Sfilo lo zaino, lo getto a terra e mi siedo. Penso che mi riposo e che poi torno indietro. Per l'ora del tramonto sarò al supermercato. Chiamo mamma. Le racconto tutto e mi faccio venire a prendere. Sono così stanco.

Vorrei solo dormire.

Diario di Filo
ovvero
di quando Amélie racconta di Guelfo

Martedì

4.

Da quando siamo ripartiti dal supermercato, Rullo non ha spiccicato una parola. Forse se l'è presa per qualcosa, è un tipo permaloso. Una volta non si è fatto sentire né vedere per un mese. Se lo cercavo non si faceva trovare. Poi ho smesso di cercarlo e lui è ricomparso.

«Cosa ti ho fatto?» gli avevo chiesto.

«Mi hai detto imbecille» mi aveva risposto.

«Imbecille?» Io non ricordavo di avergli detto imbecille e non sapevo nemmeno cosa significava. In seguito ho guardato sul vocabolario e l'ho scoperto.

«Sì, imbecille» aveva ripetuto.

«Non ricordo».

«L'hai detto».

«Mi dispiace».

«Anche a me».

Eravamo rimasti in silenzio. Io con la testa a pensare a quando l'avevo fatto e lui a guardarsi le scarpe da tennis bianche con tre strisce nere.

«Me lo potevi dire che c'eri rimasto male».

«Te l'ho detto».

«Non ricordo».

«Lo so» aveva detto lui. «Spesso non mi ascolti».

«Spesso?»

«A volte».

Avevo deglutito. Perché era vero. Rullo a volte è noioso e ripetitivo. E dice cose che non mi piacciono. Tipo ora.

«Non ce la faremo» dice.

Mi volto e lo fulmino. Lui si blocca. La maglietta è zuppa di sudore. Si toglie il cappellino. Con l'avambraccio scosta la frangetta dalla fronte. Il sole picchia duro sul sentiero. Da quassù si scorge il fiume. Un filo contorto color crema appoggiato sulla pianura. Inspiro.

«Non dire queste cose».

«Ma le penso» protesta Rullo.

«Allora pensale e basta».

Riprendo la marcia in salita, arrabbiato. Accelero il passo. Alle mie spalle Rullo dice di rallentare ma io non l'ascolto. Le mie gambe sono gambe da scalatore, da stambecco fatto uomo. Rullo grida di aspettarlo, non ce la fa a starmi dietro.

Non ce la faremo non è nei programmi. Non va nemmeno preso in considerazione, come caso. Indosso scarponcini con le ali. Spingono veloci i miei piedi. Non sento fatica, ha solo voglia di correre, di scalare questo sentiero, di arrivare al punto X e di cominciare la ricerca. Ho solo voglia di farcela. Se Rullo pensa il contrario, io Rullo non ce lo voglio con me. Non mi serve a niente un imbecille. Meglio solo.

5.

È quasi il tramonto quando scendo a cercarlo.

Temevo fosse tornato a valle, invece me lo trovo lungo il sentiero che dorme rannicchiato con la testa sullo zaino.

«Ehi! Sveglia!»

Gli strattono la spalla. Apre gli occhi.

«Pace?» propongo.

Rullo si tira su e si stira.

«Quanto ho dormito?» chiede.

«Tanto».

Si alza in piedi e mi fissa negli occhi. Stringo le labbra. Non gli chiedo scusa.

«Andiamo» dico.

Mi avvio per il sentiero. Senza zaino cammino spedito e leggero. Ogni tanto faccio una sosta per aspettarlo. Continuiamo a salire per circa un'ora. L'ombra del bosco si fa via via più scura. Raggiungiamo un falso piano senza alberi. Una strada di ghiaia, percorribile in macchina, scende verso valle.

«Qui è dove ha parcheggiato papà» gli dico.

«Il punto X».

«Il punto X, sì».

«Non potevamo salire per di là?» chiede indicando la strada.

«È molto più lunga. Vieni».

Ci infiliamo dentro al bosco. Camminiamo in salita per altri dieci minuti buoni. Poi cominciamo a scendere. Si sente il rumore di un ruscello che scorre. Giriamo intorno a un grande masso. Dietro c'è un piccolo slargo riparato tra due pareti di roccia. In mezzo è piazzata la nostra tenda. Ho fatto in tempo anche a preparare la nicchia per il fuoco. Ho messo i rami secchi a piramide e li ho contornati da un cerchio di pietre.

«Questo è il nostro campo base» spiego. «Non potevamo accamparci al parcheggio perché potrebbe arrivare qualcuno. Qui invece siamo nascosti, protetti e possiamo vedere chi arriva...»

«O *cosa* arriva» mi interrompe. «Tipo un branco di cinghiali».

«...e un po' più in giù c'è un ruscello, per lavarci e prendere l'acqua» continuo senza ascoltarlo.

«Ma non possiamo berla».

«Ho le pastiglie per depurarla».

«Hai pensato proprio a tutto» mi fa.

Gli dico di sistemare le sue cose nella tenda mentre io accendo il fuoco.

«Hai fame?»

«Da lupi» risponde.

Al chiarore della fiamma noto il suo viso sbiancato.

«Cosa c'è, Rullo?»

«Ci sono i lupi quassù?»

E prima che possa rispondergli mi blocca.

«No, no, non dirmelo. Preferisco non saperlo».

6.

Abbiamo cotto i wurstel sul fuoco come i cowboy, infilzati sulla punta di un ramo. Buonissimi, anche senza la senape. Di contorno, dei cetrioli. Avevamo anche del pane fresco.

Dopo cena spiego a Rullo il piano. Apro la mappa. Gli indico il punto dove siamo accampati. È vicino alla X, un po' più a ovest.

«Domani cercheremo all'interno dei primi due anelli» dico.

«Tu questa zona, io quest'altra».
«Cosa? Ci divideremo?»
«Certo».
«No» protesta. «Io da solo mi perdo».
«Non è vero. Nelle prove di orientamento eri sempre uno dei migliori».
«Sì, ma quando facevamo quelle prove non avevo paura» ribatte.
Piegato sulla mappa, lo fisso dal basso in alto. Sbuffo.
«Va bene. Cerchiamo insieme. Un po' distanziati però».
«In che modo?» chiede.
«Be', chiamiamo Birillo ad alta voce».
«E se incontriamo qualcuno?»
«Gli raccontiamo la verità. Dobbiamo per forza chiedere in giro. Quassù» e punto l'indice sulla mappa, «c'è un piccolo paese. Magari chi ci vive l'ha visto. Magari Birillo si è rifugiato lì, da qualche parte. Dobbiamo chiedere».
«Allora cominciamo le ricerche da lì» propone.
Non ci avevo pensato, è una buona idea, ma non glielo dico perché non vorrei che si montasse la testa.
«Va bene. Partiamo dal paese e chiediamo in giro».
Dico che dobbiamo cercare le tracce. Con la mano liscio il terreno. Prendo un bastoncino e disegno la zampa di un cane. Un cuscinetto grande e quattro piccoli, più quattro unghie.
«È fatta così. Più o meno».
Rullo osserva l'impronta. Ci appoggia sopra il palmo per misurare la grandezza.
«Birillo non si è mai procurato il cibo da solo» dico. «Se vive nel bosco deve aver imparato a cacciare».
«Sempre che non si cibi solo di tartufi» dice lui.

«Non dire cretinate, Rullo. Un cane non può mangiare solo tartufi».

«Allora come fa a sopravvivere?»

«Ci sono topi, fagiani, volpi, cinghiali...»

«I cinghiali sono più grandi di lui».

«Ci sono i cuccioli».

«Potrebbe essere azzannato dalla madre» mi fa. «Non ce lo vedo Birillo a combattere contro una mamma cinghiale inferocita».

«Quando hai fame viene fuori l'istinto».

Rimaniamo un po' in silenzio a fissare il fuoco. Si sente solo il crepitio delle braci, il fruscio delle fiamme e lontano il torrente che scorre. È una notte fresca. Su di noi, tra le fronde degli alberi, si intravede qualche stella.

«Io se fossi Birillo» dice, «andrei a cercarmi una casa e un nuovo padrone».

«Birillo non cercherebbe mai un nuovo padrone» ribatto con tono duro.

«Neanche se muore di fame?»

«Neanche se muore di fame».

Ci puoi giurare che non lo farebbe, penso.

Io e Birillo siamo stati sempre un'unica cosa, dal giorno che ci siamo scelti.

Lo ricordo bene quel giorno. Mamma mi stringe la mano, forte. Posso sentirne tutte e cinque le dita, nodose. Stiamo camminando in un corridoio al coperto, tra due file di recinti. Di qua e di là i cani abbaiano correndo nello spazio stretto. Fanno a gara a chi fa più casino. Chi scodinzola, chi ringhia, chi salta contro la rete, chi lotta.

L'uomo che ci accompagna dice che possiamo scegliere quello che vogliamo. Di fare con calma. Dice che cane e padrone si scelgono a vicenda, che capiremo al volo qual è il nostro. Funziona così di solito, dice.

Mamma lo ringrazia e gli risponde che spetta a me sceglierlo, che sono io a volere un cane, che lei addirittura ha la fobia dei cani. Gli racconta che sono anni che insisto.

«E come mai si è decisa solo ora?» domanda l'uomo.

Mamma sospira. Guarda prima me, poi lui.

Una lacrima le scende lungo il viso magro. L'asciuga con la manica della giacca, veloce, per non farsi vedere. Mi fa un sorriso, uno di quelli forzati, di quelli che fai perché devi, anche se dentro sei triste al massimo. L'unico sorriso che riesce a fare da quando è uscita dall'ospedale.

È stato papà a dirmelo, che mamma stava male. In macchina, all'uscita di scuola. Lui che non era mai venuto a prendermi.

«Per un po' mamma non sarà a casa».

«Perché?»

«Si deve curare».

«Che cos'ha?»

«I medici non lo sanno ancora».

«È grave?»

«Non lo so».

«Morirà?»

Papà ferma la macchina e gira la testa. Le mani stringono forte il volante, quasi volessero stritolarlo.

«Non morirà, Filo».

«Promettimelo».

Lui guarda fuori. Leggere gocce di pioggia colpiscono il parabrezza. Si accoppiano e si uniscono fino a formare rivoli che scendono a cascata.

«Te lo prometto, Filo» fa lui mentre gira la chiave d'accensione.

L'auto scatta in avanti. Mio padre guida in silenzio fino a casa, coi tergicristalli fermi. E in quel momento penso che abbia detto una bugia e che mamma sia morta.

Per settimane non l'ho vista, e mio padre non voleva che andassi a trovarla. Diceva che ai bambini era vietato entrare in quel reparto, potevano prendersi non so quali malattie. E anche i grandi dovevano vestirsi come astronauti per entrare. Camice, soprascarpe, copricapo e mascherina verdi.

Poi un giorno mamma è tornata. Magra, magrissima da spavento. Non le ho detto niente. Le sono corso incontro e l'ho abbracciata. Lei piangeva e ripeteva di essere felice, che le ero mancato, che mi voleva bene, bene da spezzare il cuore.

Quando ha sciolto l'abbraccio le ho detto una cosa sola.

«Mamma, non mi lasciare più».

Siamo rimasti più di un'ora al canile. Non riuscivo a scegliere. Finché non l'ho visto. Se ne stava seduto in un angolo, era l'unico che non abbaiava. Il pelo arruffato color nocciola, un'orecchia su e l'altra giù, e le zampe bianche come se indossasse un paio di calzini da tennis. Mi osservava con il muso piegato di lato.

L'uomo aveva ragione. Si capisce al volo qual è il tuo.

L'uomo apre il cancelletto e mentre trattiene gli altri cani per impedirgli di uscire, lui sgattaiola verso di me. Si ferma ai miei piedi. Mi accuccio, lui salta su, le zampe anteriori sulle mie spalle e mi lecca il viso. Non la smette più di leccare, mi fa il solletico, e io... Be', io crepo dal ridere che quasi mi piscio addosso.

L'uomo ci accompagna all'uscita e ci racconta che una signora l'ha sentito guaire all'interno di un cassonetto.

Era rinchiuso in una busta di plastica, in mezzo ai fratellini. Tutti in condizioni critiche. Hanno fatto di tutto per salvarli, ma gli altri non ce l'hanno fatta. Si sono spenti uno dopo l'altro, caduti come birilli del bowling, Solo lui è rimasto. L'unico birillo a rimanere in piedi.

Prima di salutarci l'uomo dice che se scoprisse chi è stato a buttarli nel cassonetto lo strozzerebbe con le sue stesse mani. Ci puoi giurare, che lo farebbe.

E io lo aiuterei.

Mercoledì

7.

Il sole è un'arancia rossa. Col binocolo ti accorgi che sale veloce e diventa color pompelmo.

«Cosa guardi?» chiede Rullo.

Si stropiccia gli occhi, sale sullo sperone di roccia e si siede al mio fianco. Si massaggia le braccia.

«Brr… che freddo» dice.

Guardo l'orologio.

«Fra tre minuti arriva il caldo» dico.

«Tre minuti?»

Gli spiego che il calore ci mette otto minuti a raggiungere la Terra. Che quando sorge, il sole è una sfera fredda. Che la luce arriva prima, il calore dopo. È più lento, il calore.

«Come lo sai?» chiede.

«Lo so».

«Ma chi te l'ha detto?»

«La scienza».

Rullo sposta lo sguardo verso la striscia blu del mare. Attende. Dopo un po' dice che sono passati tre minuti. «Mi sa che ti hanno detto una cavolata».

Si alza e fa per andarsene, poi spalanca la bocca. Una ventata di calore, leggero e intenso, ci colpisce. «Magia!» esclama.

«No, scienza» ribatto.

«Che il calore arrivi in otto minuti è scienza» dice sottovoce. «Che il sole scaldi la pelle, e ti faccia passare il freddo è magia».

«Si può spiegare anche questo. Dipende da...»

«Non me ne frega» mi interrompe, puntandomi gli occhi addosso. «Mi frega solo che prima avevo freddo e ora no, grazie al sole. E per me è qualcosa di magico».

Sbuffo e mi alzo.

La giornata è lunga.

8.

Da lontano il paese sembra il paesaggio di un presepe. Le case in pietra bianca coprono un lato della montagna, una appiccicata all'altra. In mezzo spunta il campanile, una matita infilzata all'insù. Ci avviciniamo per una stretta strada asfaltata, tutta curve e tornanti. Non passa nessuno. Si sente solo il fischio delle rondini. Volano veloci a gruppi, si inseguono spericolate.

«Sono felici» osserva Rullo. «Giocano a guardie e ladri. Si divertono».

«Si allenano» lo correggo.

Dico che devono tenersi in forma per quando migreranno alla fine dell'estate, non è un gioco.

Rullo pare deluso. Si ferma, si toglie il cappellino e si asciuga la fronte. Stringe gli occhi per seguire il volo delle rondini.

Quando si rimette in marcia dice che lui, se potesse essere un animale, sceglierebbe di essere una rondine, anche se non se ne stanno lassù a giocare ma solo ad allenarsi.

«Tu invece?» mi chiede.

«Indovina» lo sfido.

«Una tigre!» ribatte sicuro.

«Perché?»

«Lo sai perché».

«No che non lo so».

«Per quello che è successo il giorno che ci siamo conosciuti».

Ho ancora ben chiaro quel giorno di scuola. «Sembravo una tigre?»

«Già, sei stato coraggioso, hai puntato la preda e ti sei buttato a capofitto. Facevi paura».

«Paura a chi?»

«A me!» risponde.

«Ma tu non fai testo. Tu, Rullo, hai paura di tutto, anche di una coccinella».

Lui non protesta, si limita a scuotere il cappellino sui pantaloni per poi rificcarselo in testa.

Si volta rigido come una marionetta e riprende il cammino. Io dietro. Non fiata più. Ha il passo deciso di chi sa che cosa vuole. Vuole dimostrarmi che lui non è un cacasotto.

Quando siamo alle porte del paese gli dico quale animale vorrei essere.

Lui si blocca, si gira, strabuzza gli occhi.

«Cosa?» mi fa.

Rimane di stucco.

9.

Amélie dice di non aver visto nessun cane che assomiglia a Birillo. Dice che non ha visto nemmeno cani che non gli assomigliano, se è per questo. Dice di non aver visto proprio nessun cane in paese, che non fosse di qualcuno degli abitanti. Dice che però in fondo alla valle c'è un uomo che vive solo e che possiede un sacco di cani, puoi sentirli abbaiare di notte. Dice di stare attento, di quell'uomo non ti puoi fidare. Viene in paese solo una volta alla settimana a fare la spesa ma non saluta nessuno. È alto tre metri, capelli lunghi e ricci, barba nera fino al petto e mani grandi che sembrano tenaglie. Cammina a grandi falcate, così.

Amélie scende dal muretto e inizia a marciare come un militare, pestando i piedi. La gonna bianca a fiorellini rosa svolazza di qua e di là. Tiene le braccia rigide, due stuzzicadenti infilati in una mollica di pane.

«Sta' alla larga da lui» mi fa.

Penso a Rullo. Come da accordi lui si è avviato proprio verso valle.

«È così pericoloso?» domando.

Amélie sposta una ciocca di capelli dalla fronte. Sgrana gli occhi verde palude.

«La nonna racconta che quest'uomo aveva un figlio piccolo, ancora non parlava. Lo portava nel marsupio quando veniva a fare la spesa. Poi da un giorno all'altro questo bambino è sparito. Di lui non si è saputo più niente. Scomparso. Qualcuno ha visto i carabinieri andare a casa di Guelfo, si chiama Guelfo quel tizio. Dicono che lo hanno cercato dappertutto ma niente. Hanno portato l'uomo in caserma, tenuto dentro un po', ma lo hanno dovuto rilasciare».

Dal campanile parte il rintocco delle campane. Amélie conta fino a undici e poi riprende il racconto. Dice che in paese si mormora che l'uomo abbia ucciso il figlio e l'abbia buttato nel pozzo. Alcuni giurano di sentire, nelle notti senza vento, il pianto del bambino e sono convinti che lo tenga imprigionato. Nonna ripete che il pianto è quello del fantasma del bambino perché chi muore di morte violenta non riesce a lasciare questo mondo.

Fortuna che Rullo non è con me. Se avesse ascoltato il racconto sarebbe già a fare l'autostop per tornare a casa.

«Dici sul serio?» chiedo.

Si sa che i bambini hanno una fantasia gigante e si inventano chissà quali cose. Probabilmente ancora di più se vivi in un paesino sperduto e giochi tutto il tempo con le bambole, da sola.

Lei stringe le braccia al petto e fa una smorfia, pare offesa.

«Vieni con me» mi ordina.

Attraversiamo la piazza della chiesa. Il sole batte forte sul selciato, le nostre ombre sono piccole e nere. Si muovono nervose, incollate per i piedi. Amélie gira in un viottolo, e le ombre spariscono. Fa più fresco qui. Saliamo a passo spedito. Le porte ai lati sono quasi tutte serrate. Qualche persiana è socchiusa, mi immagino una vecchietta che spia. In cima al viottolo Amélie infila un portone. Scosto la tenda di plastica a fettucce colorate rosse bianche e verdi, entro nella semioscurità.

«Aspettami lì.» La voce di Amélie proviene dal piano di sopra. Come abbia fatto a salire già le scale è un mistero.

La stanza è grande, al centro vedo un tavolo di legno butterato dai tarli, con sopra una terrina piena di pesche dall'aspetto succoso. Le seggiole impagliate sono infilate sotto, precise precise, sui quattro lati. In un angolo due poltrone di velluto marrone, consumato, di fronte a una televisione più profonda che alta. Due antenne sbucano a V da dietro. Una porta dà sulla cucina. C'è profumo di sugo. Intravedo sul fornello una pentola d'acciaio. Il coperchio è semiaperto, appoggiato sul mestolo messo di traverso. Una fame bieca mi colpisce lo stomaco, quel sugo deve essere squisito.

«E tu chi sei?»

Faccio un balzo. Mi volto. A fianco dell'entrata scorgo una barba bianca, due fessure color oceano e un cranio pelato.

«Un amichetto di Amélie?» domanda il vecchio. L'uomo seduto sulla sedia a rotelle è indubbiamente vecchio, cent'anni o giù di lì. La pelle raggrinzita come una banconota tenuta in tasca.

«Più o meno» sussurro.

«Più? O meno? Non essere vago».

«Meno» preciso.

«Allora devi fermarti a mangiare» conclude.

10.

Dopo giorni di scatolette, un piatto di pasta caldo è come un intero barattolo di cioccolata mangiato con il cucchiaino. Il barattolo quello grosso, per intenderci. Ripulisco il fondo con il pane. Lucido il piatto.

«Posso rimetterlo nella credenza senza lavarlo» commenta la nonna di Amélie.

Mi osserva benevola, con quel viso tondo come le bambole russe, quelle che stanno una dentro all'altra.

Amélie durante il pranzo ha spifferato tutto. Che cerco il mio cane, che sono con un amico, che dormiamo in tenda, che non credevo alla storia dell'uomo cattivo.

«È stato un evento in paese, per mesi non si parlava d'altro» dice la nonna.

«Sì, le malelingue delle vecchie pettegole» commenta il nonno.

«Non erano pettegolezzi» lo riprende lei. «Guelfo è sempre stato un tipo losco e misterioso. Tu lo difendi solo perché quando eravate ragazzini ti ha salvato la vita».

«Ti pare cosa da poco? Dovresti esserne grata anche tu» commenta il nonno.

«Magari mi sarei trovata un uomo migliore di te, se non lo avesse fatto».

«E invece lo ha fatto, e sono cose che non si possono scordare» ribatte lui alzando il tono di voce.

Racconta che da ragazzini, lui e la combriccola di amici andavano spesso a pescare in un piccolo lago. Una mattina d'inverno lo avevano trovato ghiacciato. Il ghiaccio sembrava abbastanza spesso per camminarci sopra. Da incoscienti avevano avuto la brillante idea di pescare come gli eschimesi, che fanno un buco nel ghiaccio e ci buttano dentro la lenza. Il nonno di Amélie era il più grande del gruppo, per questo era stato lui a spingersi avanti per fare il buco.

«Non eri il più grande» commenta la nonna. «Eri il più stupido!»

Il nonno continua il racconto, ignorando l'intervento della moglie. Dice che aiutandosi con una pietra, a forza di colpi, era riuscito a fare il buco, ma mentre tornava indietro per prendere la canna da pesca il ghiaccio improvvisamente aveva ceduto, tutto di un botto, e lui era caduto in acqua. Era gelata naturalmente, e aveva iniziato a sbracciarsi come un ossesso. Si aggrappava al ghiaccio, ma era scivoloso. I vestiti inzuppati erano come piombo e lo cacciavano giù. Da riva gli amici gli tendevano la canna da pesca e gli urlavano di afferrarla, ma lui non ce la faceva. A un certo punto, non sa dopo quanto tempo, aveva sentito mancare le forze e nel giro di qualche secondo tutto era diventato nero.

«Mi risvegliai sul bordo del lago, con Guelfo sopra di me, tutto bagnato, che mi schiaffeggiava per farmi riprendere. Quando aveva visto che avevo perso i sensi si era buttato in acqua. Era il più piccolo, aveva dieci anni meno di tutti gli altri eppure fu l'unico ad avere il coraggio di farlo. Mi trascinò fino a riva. Avremmo potuto rimanerci secchi entrambi» conclude.

«Allora è una persona buona» commento.

«Forse quando era piccolo» fa la nonna. «Ora è un uomo losco. E non è mai venuto a messa».

«E questo cosa significa? Anch'io non ci sono mai venuto».

«Sbagli. Tu ci sei venuto».

«Quando?»

«Al nostro matrimonio».

«Quello non conta. Ero giovane, e volevo far contenta te».

«Conta invece. È stato sufficiente per depurare la tua anima. Guelfo invece non è neanche battezzato, me l'ha detto don Filippo».

«Don Filippo o la perpetua?»

«La perpetua, ma è come se fosse stata la voce di don Filippo in persona».

«Certo, con la tresca che hanno».

«Non dire queste cose davanti ai bambini» lo ammonisce.

«Lo dicono tutti, nonna. Anche Scacco ha visto la perpetua uscire dalla chiesa a notte fonda».

«Scacco è matto, Amélie. Vede cose che non esistono».

«Io penso che ci ha visto molto bene» aggiunge il nonno.

«E il bambino di Guelfo, ce l'aveva una mamma?» chiedo.

«Sì, che ce l'aveva. Bella tipa anche quella. Abbandonare la creatura dall'oggi al domani lasciandola a quel mostro».

«Avrà avuto le sue buone ragioni».

«Non esistono buone ragioni per abbandonare un figlio» dice la nonna.

Racconta che la mamma non sembrava nemmeno male, all'inizio. Quando veniva in paese per fare la spesa era sorridente e cordiale. Poi con il passare del tempo veniva solo accompagnata da Guelfo e non salutava più. Esattamente come il marito. Finché non si era più vista. Anche lei sparita nel nulla. Ma qualcuno l'aveva vista anni dopo, giù al mare, bella e raggiante, come se l'aver abbandonato un bambino l'avesse addirittura resa felice.

Punta l'indice sul nonno. «Quindi non mi dire che era una buona mamma» conclude.

«Magari lo era» intervengo io.

«Una buona mamma non abbandona mai un figlio, per nessuna ragione al mondo».

«Esistono le eccezioni».

«Non in questo caso».

«Ma...»

«Lascia perdere, giovanotto» mi interrompe il nonno. All'orecchio mi sussurra che quando la nonna si impunta non c'è verso di farle cambiare idea, per questo è stato costretto a sposarsi in chiesa.

Mi fa l'occhiolino, poi spinge la sedia a rotelle verso l'uscita.

«Lo so che vai a fumare» lo rimprovera la moglie.

«L'ultima».

«L'ultima finché non ti prende un infarto».

«Tu mi farai prendere un infarto, altro che la sigaretta» borbotta il nonno scostando la tenda.

«Guarda che ti ho sentito».

«Basta!» interviene Amélie. «Fate così tutti i giorni».

«Hai ragione, tesoro mio. Ma quando ci tieni a una persona non vuoi che si ammali o che metta in pericolo la sua vita». Si volta verso di me. «Quindi tu non andare a casa di Guelfo. La vita di un cane non vale la vita di un bambino».

Io non sono d'accordo, penso che la vita di Birillo valga come la mia, penso che se Birillo è imprigionato a casa di Guelfo vale la pena rischiare la pelle per liberarlo. Perché Birillo darebbe la sua di vita, per salvare me.

«E il tuo amico dov'è?» mi domanda.

Amélie mi anticipa. Risponde che è giù nella valle. Che forse è già stato rapito da Guelfo, che magari lo ha già fatto a pezzetti e dato in pasto ai maiali.

«Non dire stupidaggini» fa il nonno da fuori.

L'intervento del nonno mi rincuora, sono solo fantasie di una bambina.

Poi il vecchio aggiunge: «La casa di Guelfo è recintata da reti col filo spinato, non riuscirebbe mai a entrare».

Oh, diavolo. Rullo è in pericolo.

«Devo andare» dico.

E senza ringraziare scappo via.

Diario di Rullo
ovvero
di quando glielo dimostro io se sono un cacasotto

Mercoledì

7.

«Una zecca?!» dico sbalordito.

Filo è una tigre, altro che una zecca. Ti piomba addosso quando meno te lo aspetti, ti cattura e ti solleva lasciandoti di stucco. Come ora.

«Non puoi voler essere una zecca» protesto.

«Perché no?» fa lui.

«Perché... perché... ci sono un sacco di perché».

«Dimmeli» mi sfida.

Gli rispondo che è un animale brutto, anzi no, mi correggo, orrendo. Quando è pieno di sangue è più rivoltante di un brufolo gigante che sta per scoppiare. Me lo ricordo quando ne toglievamo qualcuna a Birillo con le pinzette. Ci dovevi buttare sopra litri di alcol per farle staccare, a volte la testa rimaneva conficcata nella carne. Se ce la lasciavi, la testa, faceva venire anche il pus, a Birillo. Oltre che brutta, la zecca, ti attacca chissà quali malattie.

«Ed è uno schifoso parassita» concludo.

Filo rimane immobile. L'espressione del viso serena. Il mio discorso non l'ha sfiorato.

«Nessuno vorrebbe essere una zecca!» protesto esasperato.

«Appunto!» fa lui.

«Come *appunto*?»

«Quanti al mondo vorrebbero essere una rondine, oppure un'aquila o un delfino o un leone? Quanti?»

«Be', tanti, immagino».

«E una zecca invece?»

«Te l'ho già detto, nessuno».

«Quindi sono l'unico al mondo a scegliere di voler essere una zecca».

«E allora, qual è il vantaggio?»

«*Essere unico al mondo* è il vantaggio, Rullo! Ti pare cosa da poco?»

Alzo lo sguardo sul gruppo di rondini che si rincorrono veloci come se giocassero a guardie e ladri. Fischiano felici, mentre a valle un falco solitario vola silenzioso.

«Non è cosa da poco» rispondo.

Ma poi rimani solo. E io preferisco la compagnia, vorrei aggiungere.

Ma me lo tengo per me.

8.

Sembra Forte Apache. C'è questo muro di cinta alto con il filo spinato in cima, un muro che non finisce più. Venendo giù dal paese te ne accorgi subito. È l'unica casa che c'è. Dall'alto vedi il tetto rosso di una cascina, molto grande, su due piani. Di fronte c'è un garage, intorno altre costruzioni più basse. Non si capisce a cosa servano.

La strada bianca finisce all'entrata, è chiusa da un enorme cancello di ferro arrugginito. In bella mostra un cartello con su scritto ATTENTI AL CANE E AL PADRONE! C'è pure raffigurata una pistola.

Infilo la testa tra le inferriate e sbircio dentro. Lo spiazzo davanti alla casa è deserto. Le porte sono spalancate. C'è odore di sterco di mucca. Al piano terra deve esserci la stalla. Le persiane del primo piano sono chiuse.

Dentro il garage sono parcheggiati un trattore arancione e una vecchia auto nera, coperta di polvere.

Giro la testa, mi sporgo ancora un po' per vedere cosa c'è al lato del garage. Una cuccia, una cuccia grossa di cemento grigio. Dentro ci dorme un cane nero. Pacifico.

«Ehi, cucciolone!» lo chiamo.

Il cane alza la testa. Un dobermann. In un microsecondo è in piedi, digrigna i denti e si lancia verso di me a grandi falcate, abbaiando.

Cerco di sfilare la testa dalle inferriate del cancello ma non ci riesco. Sono incastrato e intanto il cane corre a velocità supersonica. È gigante. Noto il collare di cuoio con i ferri appuntiti. Mi aggrappo con le mani alle inferriate nel vano tentativo di allargarle. Neanche fossi Superman, io che peso mezzo chilo e ho la forza di un pesce rosso. Ma il panico ti fa fare di tutto. Il dobermann è ormai a pochi metri. Agito la testa di qua e di là, sento il ferro sulla nuca, duro e freddo. Immagino i suoi denti conficcarsi nelle mie guance. Il latrato mi penetra nelle orecchie. Spalanco gli occhi mentre il cane balza verso la mia testa, le fauci aperte, potrebbe inghiottirla in un solo boccone. E in quell'istante, l'istante in cui tutta la vita dovrebbe passarti davanti, io vedo solo Filo seduto all'ultimo banco.

Un raggio di sole filtra dalla finestra e lo illumina come su un palcoscenico. Mi avvicino e chiedo se posso sedermi vicino a lui.

«Mi chiamo Rullo» dico.

«Che nome stupido» commenta serio. «Chissà quante persone ti prendono in giro».

Penso che sia il bambino più odioso della classe e faccio per allontanarmi.

Mi blocca per l'avambraccio. «Però anche il mio non scherza».

«Perché? Come ti chiami?»

«Teofilo».

«Teofilo?»

«Già, il nome piaceva a mia madre perché significa "amico di Dio". Ma come si fa a essere amico di qualcuno che non esiste?»

«Dio non esiste?» ripeto sorpreso. Di Babbo Natale lo sospettavo, ma di Dio no.

«Assoluto che non esiste, ti sembra credibile che ci sia un tipo che se ne sta tutto solo lassù nello spazio? Cosa cavolo fa tutto il giorno?»

«Guarda giù» rispondo.

«Sai che bel divertimento. E poi, se Dio ha creato l'universo, chi ha creato Dio?»

Cerco una risposta ma mi fumano le orecchie.

«Vedi, Rullo, una risposta non c'è» fa lui. «Benvenuto sul pianeta Terra».

«Grazie, amico degli esseri inesistenti» sorrido e gli allungo la mano.

Lui la stringe e mi dice di chiamarlo Filo, per sempre Filo. Un bambino grassottello si avvicina e sta per mettersi seduto al mio posto.

«Togliti da qui» gli fa Filo brusco. «Non vedi che è occupato?»

«No, che non lo è» ribatte lui. Fa l'espressione cattiva di chi è abituato ad averla vinta. «Quel posto è mio».

Lascia cadere lo zaino e stringe i pugni.

Filo si alza e gli si mette di fronte. È più basso di dieci centimetri buoni e pesa minimo minimo quindici chili in meno.

Gli dico che non fa niente, che vado a sedere al secondo banco vicino alla bambina bionda, che non si deve azzuffare per me. La bambina bionda è anche più carina di lui, aggiungo.

Filo mi ignora, fissa dritto negli occhi il grassottello, sfidandolo. Quello d'improvviso gli dà una spinta che lo butta a terra. Io rimango paralizzato, vorrei saltargli addosso ma mi spezzerebbe come un grissino.

«Vai a piangere dalla mamma, idiota» gli fa.

Io, in vita mia, non ho mai visto una tigre, ma potrei giurare che lo sguardo di Filo era quello di una tigre inferocita che difende i cuccioli. Potrei giurare che i suoi occhi sono diventati rosso fuoco e le unghie si sono trasformate in artigli. E il balzo, quel balzo che fa alla velocità della luce per atterrare sul grassottello, è proprio quello di una tigre. Una tigre contro un ippopotamo. Se le danno di santa ragione fino all'arrivo del preside. Una sgridata da sotterrarsi.

«Se succede un'altra volta vi sospendo entrambi» conclude il preside puntando l'indice. «Ora fate la pace e sedetevi nello stesso banco. È un ordine».

«No, io con lui non mi ci siedo».

«Cosa hai detto?»

«Ho detto che io con lui non mi ci siedo!» ripete Filo a voce alta, fissandolo con gli occhi da tigre.

«Come osi contraddirmi! Domani vieni accompagnato da tua madre».

Filo si sgonfia come un palloncino bucato. Abbassa lo sguardo, sposta la sedia e si mette seduto al banco.

La maestra interviene. Chiede scusa al preside, dice che gli deve parlare in privato. Si allontanano verso la cattedra e parlottano un po' sottovoce. Poi il preside si gira e dice a tutti di tornare a posto. Ordina al grassottello di sedersi al secondo banco.

Poi si rivolge a Filo e dice che gli dispiace, che non sapeva. Saluta tutti ed esce in un silenzio di tomba.

Quando la maestra apre il registro, Filo mi chiama sottovoce.

«Che fai ancora lì in piedi?»

«Io?»

«E chi sennò?»

«Magari vuoi stare solo».

«Non voglio stare solo, Rullo» mi fa Filo. «Siediti».

È così che siamo diventati amici per la pelle.

La stessa pelle che tra breve sarà triturata dalle fauci di un dobermann, in un tempo breve brevissimo che nessun altro ricordo potrà più riempire.

Stringo gli occhi e mi preparo al peggio e prego Dio, quel Dio che non esiste, l'amico di Filo, di morire senza dolore, prego che mi si spezzi il collo prima di essere divorato.

Ma quello che avviene un istante dopo mette in discussione l'assoluta certezza di Filo. Come per incanto la mia testa si sfila da sé dall'inferriata. Cado all'indietro mentre il dobermann sbatte con tutto il corpo contro il cancello. Salta e abbaia a più non posso. Fisso terrorizzato i canini scoperti, la bava che gli cola lungo la mandibola. Incredulo.

«Diablo, basta!!!» tuona una voce cavernicola.

Mi alzo e mi tuffo nel fossato, tra l'erba alta. Tremo tutto.

Vedo un gigante uscire dalla stalla. Soltanto il fatto

che abbia due occhi mi convince che non sia Polifemo in persona.

«Cuccia!» ordina al cane. Gli sferra un forte calcio. Diablo guaisce e si allontana a orecchie basse con quel tronchetto di coda tra le gambe.

L'uomo guarda fuori dal cancello.

Io mi spalmo a terra. Trattengo il respiro finché non sento i passi sulla ghiaia allontanarsi.

Mi tocco il cavallo dei pantaloni.

Me la sono fatta addosso.

9.

«Che ci fai qui?»

Sobbalzo. «Mi hai fatto prendere un colpo!»

«Dormivi!» mi accusa Filo. Ha il fiatone, come se avesse corso i quattrocento metri a ostacoli.

Lo squadro dal basso all'alto. Lo tiro giù per i calzoni. Gli dico di nascondersi che ci vive Polifemo, in quella casa là, e che se ci vede libera il dobermann e possiamo dire addio a Birillo e al mondo intero.

«Lo so» fa lui.

«Cosa sai?»

Mi racconta di Amélie, dei nonni, di quel che si racconta di quell'orco, all'anagrafe Guelfo Tabacci, e del figlio tagliato a pezzetti e dato in pasto ai maiali.

«Tagliato a pezzetti e dato in pasto ai maiali?»

«Questa è la versione di Amélie».

Sospiro.

«Altri sono convinti che il bambino è ancora vivo, imprigionato in un nascondiglio segreto dentro la casa. La tipa della drogheria dice che Guelfo compra sempre dei leccalecca, e si sa che i leccalecca li mangiano solo i bambini. Una prova senza appello che il bambino è nascosto da qualche parte».

«Da quanto tempo è sparito?» chiedo.

«Da anni».

«Quanti?»

«Boh, tanti».

«Allora non mangia più i leccalecca. Sarà grande, ormai».

«Non così grande. Avrà la nostra età».

«Ma anche noi non mangiamo i leccalecca».

«Perché nessuno ce li compra, ecco perché non li mangiamo».

«E perché nessuno ce li compra?»

«Perché nessuno ci vuole bene, Rullo».

Dico che si sbaglia. Che potrei fare un elenco di persone che ci vogliono bene, lungo come un boa.

«Sicuro?»

Ci penso. «Magari più corto. Come un'anguilla».

«Esagerato».

«Come un vermiciattolo?»

«Lascia perdere, Rullo».

«E comunque mica perché uno ti compra il leccalecca vuol dire che ti vuole bene. Guarda Guelfo, gliene ha comprati un vagone intero di leccalecca al figlio, ma poi lo tiene imprigionato da un'eternità. Ammesso che non lo abbia già fatto a pezzetti. E non mi dire che fai a pezzetti tuo figlio perché gli vuoi bene».

Filo sbuffa. Non vuole discutere. Mette una mano sotto il mento e guarda la casa. Arriccia il naso.

Conosco quell'espressione. Fin troppo bene.

«Scordatelo!» dico.

«Perché?»

«Perché? E me lo chiedi? Là dentro vive Jack lo Squartatore con il suo fido cane Diablo che se non era per il fatto che ti sbagliavi, che Dio esiste davvero, mi staccava la testa. Filo, io voglio finire le scuole, sposarmi, avere dei figli, imparare a nuotare, andare in pensione. Insomma io voglio diventare vecchio».

«Non sai nuotare?»

«Lo sai che ho una fifa boia dell'acqua!» rispondo offeso.

«Non me lo hai mai detto».

«Te l'ho detto un sacco di volte, solo che tu non mi ascolti».

Filo protesta che non è vero. Che mi ascolta sempre, anche quando dormo.

«E cosa dico?»

«Che io sono fico fichissimo al massimo, e che non c'è miglior amico di me!»

«Che scemo che sei» gli faccio, ma con un sorriso.

Mi giro a pancia in su. Il sole colora di arancione pallido qualche nuvola.

«Sei riuscito a vedere se c'è Birillo lì dentro?» mi domanda.

«No».

«Certo, sei troppo cacasotto per entrare là dentro».

«Non sono un cacasotto».

«Ah, no? È cos'è quella macchia sui calzoni?» fa lui ironico.

«Acqua!» faccio io, e mi giro a pancia sotto per nasconderla.

«Peccato che puzzi di piscia».

«Va' a quel paese, Filo. Te lo dimostro io se sono un cacasotto».

Mi tiro su, attraverso la strada e suono il campanello a lato del cancello. Diablo arriva di corsa, abbaia a più non posso, sputando bava. E basta questo per farmi pentire della mia alzata d'ingegno.

Esce Guelfo dalla stalla con una pala. La alza in direzione del cane che sparisce alla velocità della luce. Più si avvicina al cancello più diventa grande, fino a coprire con la sua ombra tutto il cielo.

«Chi sei? Cosa cavolo vuoi?» domanda. Gli occhi color carbone mi trapassano da parte a parte.

Abbasso lo sguardo. Gli dico che sto cercando un cane, che è scappato durante un temporale a febbraio. Nei boschi lassù. E indico la montagna. Gli chiedo se l'ha visto.

«Un meticcio di mezza taglia color nocciola?» domanda.

Alzo il viso. Mi si illuminano gli occhi. Poi mi giro verso Filo, chissà se ha sentito. Lui se ne sta nascosto nel fosso.

«Sì, sì» a stento trattengo l'entusiasmo.

«No» risponde. «Non l'ho visto».

«Ma come?» protesto.

«Ho detto che non l'ho visto» ripete.

«Ma me l'ha descritto».

«Ho tirato a indovinare» dice.

«Non è vero» sussurro.

Lui non sente. Dice di levarmi di torno.

«E se ti vedo ancora» minaccia alzando la voce, profonda come un pozzo, «libero Diablo, capito?»

Abbasso di nuovo lo sguardo. Poi mi volto e mi allontano lungo la strada. Sento i suoi occhi sulle mie spalle. Pungono come due chiodi conficcati nella carne.

10.

«Ma dove vai?»

Filo mi corre dietro, mi strattona un braccio e si punta davanti a me. Occhi negli occhi. Dice che ha sentito tutto, che ci puoi giurare che Birillo l'ha preso lui, che è da qualche parte là dentro. E indica il fortino in fondo alla valle. Che lui tornerà giù, cascasse il mondo.

«Io non ci vengo».

«Rullo, ascoltami» fa lui, quasi implorando. «Siamo venuti fin quassù per trovare Birillo. Me lo sentivo, che era sopravvissuto. Io Birillo non lo lascio nelle mani di quel bandito là. Hai visto come tratta Diablo? Dobbiamo liberarlo!»

«Tu sei matto! Quello è capace di ucciderci, se ci becca».

«Ma non ci becca!»

«Così non mi tranquillizzi, Filo! Mica mi dici tranquillo Rullo, non è un assassino, non può ucciderci. Mi dici che non ci becca. Questo vuol dire che dobbiamo entrare là dentro rischiando la vita e io, io ho deciso...»

«Cosa?»

«Che voglio diventare vecchio».

Lui rimane in silenzio. Si guarda le scarpe. Dice: «Come vuoi tu, vorrà dire che ci vado da solo».

Si gira e s'incammina verso la casa col passo di un soldato. Uffa! penso, perché uno non deve avere un amico normale, fifone al punto giusto, che gioca alla guerra, ma per finta?

E ancora, perché c'è una cavolo di voce dentro me che mi urla che non posso lasciarlo solo, che è meglio morire tutti e due insieme con onore piuttosto che sopravvivere a lui da codardo? Chi ce l'ha messa questa voce, qui dentro di me? Se lo scopro lo ammazzo. Se faccio in tempo.

«Filo!» urlo. «Fermati».

Gli corro dietro, lo supero e mi piazzo davanti. Lui si ferma e mi fissa in silenzio.

«Io non ti lascio solo» dico serio. «Vengo con te, ma a un patto».

«Quale?»

«Se sopravviviamo mi insegni a nuotare».

«Affare fatto» risponde lui.

E sigliamo l'accordo con una stretta di mano.

Come fanno i grandi.

Trent'anni prima

La scomparsa di Tommaso

Maresciallo
ovvero
di quando Guelfo entra senza bussare e le buone maniere sono un optional

1.

Guelfo Tabacci irrompe nell'ufficio del maresciallo De Benedittis senza bussare, come se le buone maniere fossero un optional. Il brigadiere a corrergli dietro per trattenerlo e lui a inveire che avrebbe parlato solo con il maresciallo.

Si ferma in piedi, davanti alla scrivania. Un metro e novantacinque a occhio e croce, due spalle da boscaiolo e una barba lunga da Mangiafuoco.

«Gli ordini di togliere quel braccio e di uscire» fa, indicando Marazzi che gli tira la manica della camicia a scacchi.

«Qui gli ordini li do io» risponde secco De Benedittis.

«Appunto» fa lui.

I due uomini si fissano per mezzo minuto buono, senza batter ciglio. Gli occhi neri dell'energumeno lanciano fiamme.

Infine il maresciallo fa un cenno al brigadiere. «Ci penso io».

«Maresciallo, se ci sono problemi, basta un fischio e arrivo con i rinforzi».

«Non ci saranno problemi, vero? Signor...»

«Tabacci, Guelfo Tabacci» e fa un cenno di assenso.
«Prego. Si sieda».
«Preferisco di no».
Il maresciallo De Benedittis sospira. «Come vuole. L'importante è che non mi faccia perdere tempo».
«Non me lo faccia perdere lei, il tempo» ribatte. «È una questione molto urgente».
«Allora arrivi al dunque, e mi dica il motivo di questa irruzione».
«Mio figlio è sparito».
«Sparito?»
«Parlo forse russo?» fa lui, sbattendo il palmo sulla scrivania. «Stamattina mi sono svegliato e non c'era più».
Con un padre come lei, pensa il maresciallo. Per sicurezza preferisce non esternare il pensiero.
«Quanti anni ha suo figlio?»
«Due».
«Due?»
«Sì, due. È sordo?»
De Benedittis fa finta di non sentire. «A che ora se n'è accorto?»
«Alle otto circa».
Un'occhiata all'orologio sulla parete.
«E ha aspettato tutto questo tempo per fare la denuncia?»
«Non ho aspettato! Ho passato l'intera mattina a cercarlo. Ho setacciato tutta casa, il cortile, i campi. Il pozzo».
«Cinque ore per accorgersi che non si era nascosto?» domanda visibilmente perplesso.
Guelfo Tabacci sbuffa e legge il cartellino con il nome sulla scrivania. «Maresciallo De Benedittis, sa che le dico? Vada a fare in culo, lei e tutta l'Arma. Mio figlio lo trovo da me!»

Si volta e scatta verso la porta.

«Signor Tabacci!» urla il maresciallo. «Si fermi!»

Lui alza il braccio in modo eloquente. Sbatte la porta alle spalle. La cornice con la foto del Presidente della Repubblica precipita a terra. Rimane in bilico qualche secondo, per poi schiantarsi a faccia in giù.

2.

Il maresciallo chiama Marazzi e gli ordina di trovare l'indirizzo di Tabacci.

«So dove abita» fa lui. «Giù nella valle».

«Lo conosci?»

«Di fama».

«Va bene. Portami da lui e raccontami quello che sai».

In macchina Marazzi dice di sapere poco o niente, di averlo incrociato solo qualche volta alla drogheria di Clara.

«È un montanaro scorbutico. Uno di poche parole. Non saluta nessuno. Vive solo con il figlio piccolo dopo che la moglie lo ha mollato».

«E ha lasciato il figlio a un tipo così?»

Marazzi alza le spalle. Guida concentrato lungo la stretta strada ghiaiosa. «Maresciallo, che dire? La gente non finisce mai di stupire».

De Benedittis osserva i girasoli impettiti, a testa alta verso il sole. Quelli lungo la carreggiata sono solo leggermente imbiancati di polvere sebbene non piova da settimane.

La discesa termina di fronte al cancello di ferro di un casolare circondato da un muro di cinta.

Scendono dall'auto. Marazzi slaccia la fondina della pistola di ordinanza e accenna a tirarla fuori.

«Che fai?»

«Ha visto il cartello? Meglio essere previdenti».

«Rimettila dentro».

«È lei il capo» fa lui poco convinto. «Suono?»

Un'occhiata di assenso. Nell'attesa il maresciallo sbircia tra le inferriate. Porte e finestre sono spalancate. Un cucciolo di dobermann corre verso il cancello. Abbaia, saltella e si rigira su se stesso.

Guelfo Tabacci compare sulla soglia. «Fa' la guardia, Diablo, non sei una foca da circo!» urla al cane. Si avvicina, gli sferra un calcio. Il cucciolo guaisce a scappa via.

«Andatevene» dice ai due carabinieri.

Il maresciallo stringe i pugni e fa appello al maestro Zen che da qualche parte si annida dentro di lui.

«Signor Tabacci, siamo partiti male...»

«Malissimo!»

«Ma possiamo rimediare».

«Come?»

«Collaborando».

Guelfo Tabacci aggrotta la fronte, inspira profondamente. Nel silenzio che segue si sentono gli ingranaggi del suo pensiero.

Infine apre il cancello e si avvia dentro casa. I due uomini lo seguono.

Li accompagna al primo piano, nella camera da letto del figlio.

Indica il lettino bianco con le sponde, disfatto.

«Quando sono venuto a svegliarlo, Tommaso non c'era» dice.

«Riusciva a scavalcarlo?»

«Sì, non da molto. Più volte me lo sono ritrovato fuori

casa. Se si svegliava presto veniva a cercarmi. Aveva imparato dove trovarmi».

Osservano la stanza. Molto scarna. Un fasciatoio col materassino di gomma azzurra. Sopra, un pacco aperto di pannolini, un asciugamano stropicciato e alcuni tubetti di creme. Di fianco alla finestra un vecchio comò e nell'angolo un cesto pieno di giocattoli di plastica e di pupazzetti di peluche.

«C'è un posto dove possiamo sederci?» chiede il maresciallo.

«Seguitemi».

Tabacci li porta in cucina. La testa di un cinghiale imbalsamato campeggia sul caminetto.

De Benedittis lo indica. «L'ha ucciso lei?»

«E chi sennò».

«Ha un porto d'armi registrato per il fucile?»

«Cosa vuole insinuare? Che ho ucciso mio figlio?»

Il maresciallo sospira. Il tipo ha la coda di paglia.

Decide di lasciar cadere il discorso, per il momento. Meglio andare oltre, se vuol cavare qualche ragno dal buco.

Si siede al tavolo, Marazzi lo imita. Tabacci di fronte. Il maresciallo tira fuori il bloc-notes e la matita.

«Signor Tabacci, partiamo dall'inizio e ci racconti tutto ciò che può essere utile alle ricerche».

L'uomo prende fiato. Racconta che alle sei, quando si è alzato, il figlio dormiva tranquillo, come sempre. Come ogni mattina è sceso per le faccende consuete: innaffiare l'orto, dar da mangiare ai maiali, ripulire i box dei cani da caccia. Verso le sette e mezzo è risalito, ha preparato la colazione per lui e il figlio ed è andato a svegliarlo.

«E non c'era!» conclude scuotendo la testa.

«Cosa ha fatto?»

«L'ho chiamato, prima piano poi a gran voce, e intanto ho iniziato a cercare prima dentro casa, e poi fuori in giardino. Quando lo chiamavi lui rispondeva sempre...»

«Rispondeva?» sottolinea il maresciallo.

«Risponde...» si corregge l'altro, «quando lo chiami lui risponde sempre. Oggi non l'ha fatto. Mi sono allarmato e ho messo sottosopra la casa. Ho controllato in ogni angolo del cortile, garage, porcilaia e tutti gli annessi, ma di lui nessuna traccia».

«Il cancello era chiuso?»

«Sì, ma Tommaso è abbastanza piccolo da passare tra le inferriate».

«Ha cercato fuori?»

«Certo. Lungo l'intero muro di cinta».

«Potrebbe esserci qualche motivo per cui suo figlio ha deciso di nascondersi, che so, lei lo ha sgridato o punito per qualcosa?»

«No. Il nostro rapporto è ottimo. Lui mi vuole bene, e io altrettanto».

«Per colazione aveva apparecchiato il tavolo?»

«Che domanda idiota! Cosa c'entra con la sparizione di mio figlio?»

«Risponda».

Tabacci aggrotta la fronte. «Certo, che diavolo!»

«Ora qui tutto è in ordine» gli fa notare il maresciallo con un ampio gesto del braccio. «Ha sparecchiato».

«E con ciò?»

«Lo trovo strano, tutto qui. Trovare il tempo di sparecchiare in un momento del genere».

«Mi aiuta a pensare» risponde brusco.

«Cosa ha preparato a colazione?»

«Caffè, latte, pane, burro e marmellata, e due uova sbattute».

De Benedittis nota la moka sul fornello. Va a controllare. Vuota. «Vedo che il caffè lo ha bevuto».

«Lo avevo versato nella tazza che ho lavato».

Il maresciallo apre lo sportello sotto il lavandino, fruga nell'immondizia.

«Non ci sono gusci d'uovo» commenta.

«Li ho dati ai maiali».

«Ha avuto anche il tempo di portare i gusci ai maiali».

«Cosa vuole insinuare, maresciallo, che sia io il responsabile della scomparsa di mio figlio?»

«No, signor Tabacci, voglio eliminare dalla mia testa questa possibilità».

«Allora lo faccia alla svelta, perché sta perdendo tempo». Si alza, va alla finestra, sfila dalla tasca della camicia il pacchetto di sigarette e ne accende una.

«Se non è lei il responsabile della scomparsa, chi può esserlo?» chiede il maresciallo.

Lui espira una lunga nuvoletta di fumo grigiastro.

«La madre».

«Perché dovrebbe farlo?»

«Perché rivuole suo figlio. Anche se gli accordi glielo impediscono».

«Quali accordi?»

Tabacci si sposta al tavolino di fronte al divano. Prende un posacenere carico di cicche e spegne la sigaretta.

«*Lei* ha voluto andarsene» dice con tono di rabbia. «Ha firmato davanti all'avvocato che mi lasciava Tommaso».

«Era la condizione che le ha posto per ottenere la separazione?»

«L'unica. Rinunciava a ogni diritto su di lui. Anche di vederlo».

«Ha una copia del documento?»

«Sì, da qualche parte. Ma non mi chieda di cercarlo ora».

Il maresciallo non insiste. La priorità è incominciare le ricerche prima del tramonto.

«Quando avete firmato l'accordo, signor Tabacci?»

«Un anno e mezzo fa, circa».

«E in questo periodo, la sua ex moglie ha chiesto del figlio?»

«Ha chiamato un paio di volte, supplicandomi di farglielo vedere. Dieci giorni fa invece me la sono trovata al cancello».

«E glielo ha fatto vedere?»

«Neanche con il binocolo».

«Perché?»

«Perché è un'ingrata».

«È la madre, però» interviene Marazzi.

«Se davvero lo fosse, non se ne sarebbe andata» risponde secco. «Ora basta parlare. Trovate Tommaso».

3.

De Benedittis ha dato disposizione a Marazzi di coordinare le ricerche a casa di Tabacci e nel circondario. Ha chiesto rinforzi alle caserme vicine e chiamato anche il nucleo cinofilo. Hanno rintracciato l'indirizzo della ex moglie di Tabacci, Adele Zani: vive al mare con il nuovo compagno, a circa un'ora di strada, all'ultimo piano di un'anonima palazzina in periferia.

Il maresciallo parcheggia l'auto, scende e suona il citofono. Non risponde nessuno. Prova un altro campanello.

«Chi è?» gracida una voce femminile.

«Sto cercando la signora Zani».

«Ha sbagliato...»

«Sì, lo so, ho suonato ma sembra non sia in casa» la interrompe lui. «Sa dove posso trovarla?»

«A quest'ora Adele lavora».

«Sa dove?»

La voce, senza chiedere altro, fornisce le indicazioni per raggiungere l'azienda.

«Cinque minuti da qui» conclude.

«Molto gentile».

Mentre sta per risalire in macchina, dal primo piano le tapparelle si sollevano. Sbuca la testa di una signora dalla chioma bianca, lo osserva.

«È successo qualcosa?» chiede.

«Niente, signora. Solo una comunicazione» la rassicura lui.

«Bene» risponde sollevata. «Di questi tempi non si può mai stare tranquilli».

Solo se presti servizio in una caserma sperduta in mezzo ai monti, vorrebbe dire lui. Fino a oggi, perlomeno.

«A che ora è uscita Adele stamattina?»

«Alle sette e mezza».

«Sicura?»

«Più o meno. L'ho incrociata per le scale, era il mio turno di pulizia. Con questo caldo se non le pulisci all'alba, svieni».

«Davvero?» il maresciallo fa il finto tonto. «A che ora si è messa a pulirle?»

«Verso le sei e mezza».

«È ancora fresco a quell'ora» commenta. «E non passa nessuno a sporcarle mentre sono ancora bagnate, giusto?»

«Parole sante. A parte Paride».

«Paride?»

«Il compagno di Adele. Lui esce verso le sette».

«Anche oggi?»

La signora annuisce.

«Bene. Ora devo andare».

La ringrazia e si mette alla guida. Adele Zani ha un alibi di ferro. Tommaso è sparito tra le sei e le otto. Non potrebbe aver fatto in tempo a prelevare il figlio e tornare. Nemmeno se si fosse appostata fuori dal cancello di Guelfo Tabacci. A meno che non avesse un complice.

Adele lavora come impiegata amministrativa in un grosso mobilificio.

All'entrata lo accoglie una centralinista seduta dietro un bancone a forma di ferro di cavallo.

Le chiede di chiamare Adele Zani. Lei alza la cornetta e attende.

«Non risponde, maresciallo. Deve essere fuori stanza. Vado a cercarla».

Si allontana veloce, facendo risuonare ritmicamente i tacchi sul pavimento di marmo. Sale una scala in fondo al corridoio.

De Benedittis nota lo schedario grigio con i cartellini dei dipendenti sulla parete sopra un classico orologio a lancette nere su sfondo bianco. Si avvicina, i cartellini sono in ordine alfabetico. Individua quello di Adele e controlla l'orario di entrata: 7:41. È in linea con i giorni precedenti.

Ripone il cartellino al suo posto nel momento in cui sbuca dall'angolo una ragazza bionda. Indossa un vestito bianco di cotone che le arriva alle ginocchia. Si avvicina veloce. Il viso è grazioso, tondo con grandi occhi azzurri dalle ciglia lunghe. Si ferma a un metro da lui. Respira con un po' di affanno, come se avesse appena fatto una corsa.

«Signora...»

«È successo qualcosa a Tommaso?» lo interrompe lei. La voce è strozzata, come se cercasse di trattenere le lacrime.

«C'è un posto in cui possiamo parlare tranquilli?»

«Oddio!» fa lei, portandosi le mani al volto.

«Adele, stia tranquilla» la rassicura lui.

Lei lo afferra per la manica e lo trascina a grandi falcate in un ufficio.

«La collega è in ferie» dice chiudendo la porta. Rimane in piedi, incrocia le braccia al petto e con il sandalo picchietta il pavimento. «Non mi faccia stare sulle spine» implora.

«Vengo subito al dunque. Suo figlio è scomparso. Il signor Tabacci ha fatto la denuncia questa mattina. Sospetta che lo abbia rapito lei».

«O mio Dio!» fa lei, poco prima di afflosciarsi sul pavimento priva di sensi.

4.

Il bicchiere di plastica le trema in mano. Adele sorseggia a piccole dosi, accasciata sulla sedia. Il maresciallo ringrazia la centralinista e la invita a uscire.

«Lo state cercando?» chiede lei.

«Naturalmente».

«Me lo sentivo che sarebbe successo» sussurra. Getta uno sguardo fuori dalla finestra. Nel piazzale un flusso di operai lascia lo stabilimento.

«Non arrivi a conclusioni affrettate. Suo figlio potrebbe semplicemente essersi perso nei campi. Abbiamo i cani. Lo ritroveranno presto».

«Non dica sciocchezze. Tommaso ha due anni, cammina a malapena!» lo rimprovera.

De Benedittis rimane in silenzio.

Adele gira lo sguardo verso di lui. «Guelfo lo ha nascosto».

«Perché avrebbe dovuto?»

«Per non darlo a me».

«Avete un accordo sottoscritto» le fa notare il maresciallo.

«Vero, ma le cose sono cambiate».

Adele racconta di essere andata a casa di Guelfo una decina di giorni fa, per comunicargli la sua intenzione di riprendersi il figlio. Lui si è imbestialito. Devi passare sul mio cadavere, ha detto, e non le ha neanche aperto il cancello.

Di fronte alla sua insistenza per vedere Tommaso, almeno da lontano, Guelfo è andato a prendere il fucile e glielo ha puntato al petto. Sparisci ingrata, e non farti più vedere.

«Perché ha firmato quell'accordo?»

«Guelfo era diventato violento. Mi aveva obbligato a licenziarmi e ci teneva segregati in casa. Non avevo alternative».

«Perché non si è rivolta a noi?»

Adele fa un mezzo sorriso. «Maresciallo, quante donne maltrattate riuscite a proteggere dall'ira dei mariti? Me lo dica, onestamente. E in ogni caso, ora è troppo tardi».

Beve un sorso d'acqua. Scuote la testa.

«E non si faccia ingannare dalle apparenze. Guelfo è molto più intelligente di quello che sembra. È capace di ideare un piano perfetto».

De Benedittis le chiede se ha qualche idea del nascondiglio.

Adele risponde che Guelfo è un uomo solo. Non ha amici e ha tagliato tutti i rapporti con i parenti. Non può avere complici. Però ha le mani d'oro. Può avere costruito un nascondiglio da qualche parte nella sua tenuta.

Adele comincia a piangere fino a singhiozzare.

«Non dovevo lasciarlo, non dovevo!» farfuglia. Lui le appoggia una mano sulla spalla, la stringe.

«Lo troveremo, Adele».

Lei posa una mano sulla sua. Calda e umida. Dice grazie.

«Un'ultima domanda».

Adele alza la testa. Il mascara nero si è sciolto in due rigagnoli che le arrivano al mento.

«Pensa che Guelfo possa aver ucciso suo figlio?»

«Dio, no!» risponde secca. «Era violento solo con me. Come padre era bravo, è sempre stato protettivo e premuroso. Altrimenti non glielo avrei mai lasciato».

«Bene» dice il maresciallo sollevato. «Anche se non riesco proprio a capacitarmi di come una mamma possa abbandonare il figlio».

«Non l'ho abbandonato» risponde indispettita. Raddrizza la schiena. «Il mio piano prevedeva di andarlo a riprendere, e stavo per farlo».

Poi gli svela l'elemento di scambio che aveva portato all'accordo e lui capisce.

«E c'è un'altra cosa che devo confessarle, ma mi deve promettere di tenerla segreta» fa lei. «È questione di vita o di morte».

«Addirittura?»

Lei annuisce, scura in volto. «Promette?»

«Prometto».

Adele la confessa.

«E Guelfo lo sa?»

«No. Se lo sapesse, la vita di Tommaso sarebbe davvero in pericolo».

«Potrebbe averlo scoperto?»

«No. Non lo sa nessuno, a parte Paride, il mio compagno».

«Bene, Adele, manterrò questa cosa segreta».

«Ho la sua parola?»

«Ha la mia parola» la rassicura lui. Aggiunge che per il momento è tutto e che la terrà aggiornata sulle ricerche.

Le passa un bigliettino da visita.

«E qualsiasi cosa utile le venga in mente non esiti a chiamarmi».

«Naturalmente» fa lei.

Si offre di accompagnarla a casa. Lei ringrazia. Ce la può fare da sola.

Quando De Benedittis chiude la porta e sente l'urlo straziante alle sue spalle pensa che forse no, da sola non ce la può fare.

5.

L'unica pista rimane Guelfo Tabacci. Sempre che Adele non abbia un complice e lo abbia ingannato come un pivello. Ha mandato un collega a interrogare Paride, il compagno. Alle sette e mezza era già al lavoro, come hanno testimoniato sia il suo capo sia i colleghi.

Il maresciallo si stravacca sulla poltrona e appoggia i piedi sulla scrivania. Osserva la lavagna su cui durante la riunione sono state appuntate le due ipotesi da vagliare: uno, che il bambino sia morto, due, che il bambino sia vivo. Nel primo caso, c'è poco da fare, se non ritrovare il corpo e risalire al colpevole. Domani verrà la Scientifica a fare tutti i rilievi. Magari trovano qualche indizio. Nella seconda ipotesi, esclusa la pista della moglie o di un rapimento per estorsione, ipotesi alquanto remota dato che oltre alla casa e al terreno non possiede altro, rimane come unico indiziato Guelfo Tabacci. Avrebbe un ottimo movente: nascondere il figlio per evitare che l'ex moglie glielo porti via.

Marazzi si affaccia sulla soglia. «Io andrei, maresciallo».

De Benedittis gli dice di andare, di farsi una buona dormita che all'alba ricominciano le ricerche.

Dove può aver nascosto Tommaso? Dovrebbe essere vicino, per poterlo accudire. Non avrebbe senso nasconderlo lontano, nel qual caso tanto valeva restituirlo ad Adele.

Il maresciallo esce dall'ufficio. Tutto tace, tranne il rumore dei suoi passi sul selciato e il frinire dei grilli. Sale fino al punto più alto del paese. Si siede sulle mura di cinta e osserva la vallata. La luna piena depone un velo argenteo sui contorni dei monti e dei campi. La casa di Tabacci è completamente al buio. Si volta in cerca di un luogo dove piazzare un uomo con un binocolo per spiare ogni movimento. La casa del medico condotto ha un'ottima posizione, c'è una finestra al primo piano. La vista da lassù è ancora migliore. Domani andrà a parlarci.

Sbadiglia e decide di andare a dormire.

Anche se sa che finché non troverà Tommaso le sue notti saranno agitate.

6.

Clara dondola elegante mentre si avvicina alla drogheria. Quando lo vede seduto sulla panchina, fa un cenno di saluto. Si china e tira su la saracinesca.

De Benedittis si alza e si dirige verso di lei.

«Mattiniero, maresciallo» commenta.

Lui guarda l'orologio. Non sono ancora le sette. «Non riuscivo a dormire» risponde.

Clara scosta la tenda scacciamosche, apre la vetrina ed entra. Lui la segue. Ogni volta che entra lì rimane meravigliato da quanti prodotti si possano stipare in un luogo tanto piccolo. Quattro strette corsie con scaffali completi di ogni ben di Dio. Si può trovare qualsiasi cosa, dall'abbacchio allo zucchero, se fossero disposti in ordine alfabetico.

Clara dietro al bancone dei prodotti freschi si infila il grembiule e il cappellino bianco.

«Al lavoro» dice, con un sorriso che mette in luce gli incisivi ben distanziati tra loro. «Come posso servirla, maresciallo?»

Lui va subito al dunque.

«Guelfo Tabacci è un suo cliente?»

Lei annuisce.

«Viene spesso a fare la spesa?»

«Ogni dieci quindici giorni, più o meno».

«E cosa acquista?»

«Poche cose. Pasta, riso, qualche formaggio. Guelfo è praticamente indipendente, frutta e ortaggi li coltiva, e ha le bestie. Compra perlopiù cose per la casa, tipo detersivi, carta igienica».

«Lei vende anche pannolini?»

Clara risponde di sì, di ogni misura e per ogni età, anche quelli per anziani.

«Il signor Tabacci li compra?»

«Per il figlio, intende? Mi faccia pensare» pone un indice sulla guancia e sposta lo sguardo in alto. «Ultimamente no».

«Da quanto tempo?»

«Mesi ormai, forse anche un anno».

Il maresciallo sfila il bloc-notes dalla tasca e scrive un appunto. «C'è qualche altro posto dove potrebbe acquistarli qui vicino?»

«No. Come mai mi fa queste domande?»

Le parla della scomparsa.

«Povera creatura» fa lei, portandosi una mano davanti alla bocca. «Quando?»

«Ieri mattina».

«E che fine ha fatto?»

«Se lo sapessi non sarei qua. Quando ha visto il figlio di Tabacci l'ultima volta?»

«Tanto tempo fa, ancora non camminava. Guelfo lo portava sempre nel marsupio. Uno scricciolo di bimbo. Buonissimo. Non piangeva e non si lamentava mai. Se gli facevi dei versi rideva di pancia. Da un certo punto in poi però Guelfo non l'ha portato più. Quando gli ho chiesto dove fosse Tommaso, lui mi ha risposto secco di farmi gli affari miei. Non mi sono più azzardata a fare domande. Quello è un montanaro scorbutico. Non mi meraviglia che la moglie lo abbia lasciato».

«Conosceva Adele?»

«Non personalmente. Qualche volta accompagnava il marito, ma non parlava mai, era sempre seria. Aveva soggezione di lui. L'ultima volta che l'ho vista era vicina al parto, aveva un pancione stratosferico».

Il maresciallo chiude il bloc-notes. «Le chiedo solo una cortesia».

«Dica».

«Quando il signor Tabacci tornerà a far spesa, annoti tutto ciò che compra».

«Con immenso piacere» fa lei.

Lui ringrazia e si avvia verso l'uscita. È già sulla soglia quando lei lo richiama.

«Maresciallo, mi è venuta in mente una cosa, non so se può esserle utile».

«Quale?»

«L'ultima volta che è venuto, Guelfo ha acquistato un mucchio di leccalecca.»

«Quanti?»

«Una cinquantina» fa lei.

«Gli ha chiesto a cosa gli servissero?»

«Si figuri, maresciallo, non oso più fargli domande, mi mangerebbe viva. Ho pensato volesse organizzare una festa di compleanno».

«Guelfo Tabacci?» chiede lui, scettico.

«Già, inverosimile» fa lei. «Ne vuole uno?»

Clara gli allunga un leccalecca color rosso ciliegia, lui lo scarta e lo mette in bocca.

Dolcissimo.

Roba da bimbi, pensa.

Ringrazia e se ne va.

7.

Sulla porta del medico è appeso un nastro rosa. Il maresciallo bussa. Viene ad aprire la moglie, una donna dai capelli grigi, tirati su in uno chignon. Gli occhi verdi lo trafiggono.

«Buongiorno, maresciallo. Mio marito ha combinato qualcosa?» domanda secca.

«No, signora, che io sappia» risponde lui con un sorriso. Indica il nastro. «Nipotina?»

«Sì» risponde lei. Il viso tondo si illumina, lasciando intravedere la bellezza di quando era giovane. «Amélie, è nata due settimane fa».

«Congratulazioni» fa lui. «Posso entrare?»

«Certo, prego».

Al centro della grande stanza il tavolo è apparecchiato con due tazze, un bricco di latte, una moka e una crostata. L'aroma del caffè aleggia nell'aria.

«Stavamo per fare colazione» dice lei. «Si unisce a noi?»

Lui sente ancora il sapore dolciastro del leccalecca. «Prendo volentieri un caffè».

Dalla cucina sbuca il marito. Cammina appoggiandosi al bastone.

«Buongiorno, maresciallo, qual buon vento la porta?» domanda e allunga la mano. La stretta è energica. Dalla barba lunga brizzolata sbuca un bel sorriso, che si spegne di botto quando il maresciallo gli parla della scomparsa del figlio di Guelfo Tabacci.

«Siete amici?» chiede.

L'uomo lo invita a sedere. La moglie versa il caffè in silenzio.

«Da ragazzini facevamo parte della stessa banda. Lui era il più piccolo. Non siamo stati mai veri amici».

«Era il suo medico condotto?»

«Sì, ero il medico di tutti».

«Ora non più».

«No, sono in pensione da quando le mie gambe hanno cominciato a perdere colpi».

«Anche la testa» aggiunge la moglie, mentre taglia una fetta di crostata e la passa al maresciallo.

De Benedittis sorride. Spiega che è lì perché avrebbe bisogno di utilizzare la stanza al primo piano per poter controllare i movimenti di Tabacci.

«Spiarlo» precisa il medico. Nel tono suona una velata disapprovazione.

Lui dice che Guelfo per il momento è l'unico indiziato, e devono tenerlo sotto controllo.

«Capisco» fa lui. «Fate pure, per noi non c'è problema. Tra l'altro la camera che dà sulla valle è libera. Nostra figlia si è trasferita da tempo».

«Manderò un uomo fidato, non vi arrecherà alcun disturbo».

«Nessun disturbo» dice la moglie. «Potrà pranzare e cenare con noi, se vuole».

«Immagino che lei sia un'ottima cuoca» dice il maresciallo, gustando la crostata.

«Niente di che» fa il marito.

«Bravo tu, che se non ci fossi io non sapresti nemmeno cucinare una frittata» lo rimprovera lei.

De Benedittis interrompe il teatrino prima che degeneri. Chiede al medico quando ha visto Guelfo Tabacci per l'ultima volta.

«Non ricordo».

«Come non ricordi? È successo un anno fa circa» interviene la moglie.

Il medico la fulmina.

«Ti ha chiamato lui. Ho risposto io al telefono» aggiunge la moglie per aiutarlo a rispolverare il ricordo.

«Ah, sì, vero. Guelfo si era preso una brutta storta alla caviglia».

«Quale caviglia?» lo interrompe il maresciallo.

«La destra, scendendo le scale. Gli avevo detto che non praticavo più, di rivolgersi al nuovo medico, ma lui ha insistito. Le gambe ancora mi reggevano e così sono andato».

«Ha visto il figlio in quell'occasione?»

L'uomo tentenna. Ci pensa, forse troppo.

«Non ricordo» risponde.

«Sì che lo hai visto» interviene la moglie. «Me ne avevi parlato».

«Davvero?»

«Avevi detto che Guelfo si era molto attaccato al figlio, da non credere per un tipo come lui. Sembravi turbato della cosa».

«Turbato?» ripete il maresciallo, interessato.

«Non ti sembra di esagerare?» dice il medico rivolto alla moglie.

«No, anzi. Dopo quella visita ti sei chiuso nel mutismo. E quando ti ho chiesto il motivo mi hai risposto di farmi gli affari miei».

«Forse per liquidare la faccenda» si giustifica il marito. «Sei una rottura di scatole, e quando inizi con le domande la Gestapo al confronto ti fa un baffo».

«Ti conosco bene, caro».

«Smettila, per favore. Non fare come al solito».

«Sei tu che mi provochi».

«Va bene, non fa niente» li interrompe il maresciallo. «Mi par di capire che il signor Tabacci aveva un bel rapporto con il figlio».

«Perché usa il tempo passato?»

«Perché mi riferisco all'occasione in cui lo ha visto».

«Ribadisco, non ricordo bene. Però, sì, è vero, in quell'occasione ho visto il figlio. Muoveva i primi passi e seguiva il padre come un'ombra».

«Lo accudiva da solo o aveva qualcuno ad aiutarlo?»

Il medico sorride. «Figurati se Guelfo si faceva aiutare da qualcuno. Dopo la batosta della moglie è diventato misogino».

«Pensa che possa aver ucciso il figlio?»

«Perché avrebbe dovuto?» chiede il medico, duro. La fronte si corruga, formando lunghe linee parallele che la tagliano come onde fino all'apice del cranio pelato.

«Il signor Tabacci è un tipo istintivo e manesco» dice il maresciallo. «Più volte ha messo le mani addosso alla moglie. E sappiamo quanto i bambini possano far perdere la pazienza. Non penso che possa averlo fatto in modo premeditato, ma...»

«Niente *ma*, maresciallo. Mi creda, Guelfo non ha torto un solo capello al figlio».

«Perché dovrei crederle?»

«L'istinto. In quarant'anni di lavoro con le persone ho imparato a riconoscere quelle davvero pericolose».

«Vorrei crederle sulla parola. Ma devo tenere aperta ogni opzione».

«Capisco».

De Benedittis si alza. «È meglio che vada. In mattinata manderò il mio collega per *spiare* il signor Tabacci».

Il medico raccoglie il bastone e fa per alzarsi per accompagnarlo alla porta. La moglie lo anticipa e si offre di farlo lei.

Fuori dall'uscio gli sussurra che il marito non è obiettivo nei confronti di Guelfo. Gli racconta il perché, di quello che gli è accaduto quando erano ragazzini.

Lui prende nota. Quale miglior complice di una persona a cui hai salvato la vita?

8.

«È più di un anno che non si ha traccia di questo bambino. L'ultima persona ad averlo visto, oltre al medico, è Clara della drogheria».

«Esatto, maresciallo. Ho interrogato chiunque in paese, anche il postino. Hanno visto Tabacci sempre da solo».

«Il pediatra?»

«L'ultima visita risale a quando il bambino aveva otto mesi».

«Ha fatto le vaccinazioni obbligatorie?»

«Qui risulta qualcosa di interessante» fa Marazzi. «Le vaccinazioni dei primi mesi sono regolari. Il richiamo a un anno invece no. L'ufficio ha chiamato Tabacci più volte per sollecitare. Lui è sempre stato rassicurante. Avrebbe portato il figlio nei giorni successivi. Ma non lo ha mai fatto. Qualche giorno fa, la responsabile dell'ufficio gli ha inviato una raccomandata nella quale minacciava l'intervento delle forze dell'ordine qualora non avesse provveduto. Indovini un po' quando è stata recapitata?»

«Ieri?»

«Esatto, ieri mattina. Poco prima che Tabacci venisse a fare la denuncia».

Il maresciallo getta lo sguardo fuori dalla finestra. L'ombra del crepuscolo avvolge il paese.

La Scientifica ha messo sottosopra la casa e la tenuta. Non ha rilevato nulla di anomalo. Impronte del padre e del figlio ovunque. Nessun segno di sangue o altro. Se fosse stato rapito, solo un fantasma avrebbe potuto farlo senza lasciare alcuna traccia.

Stesso risultato dal nucleo cinofilo. Hanno allargato il raggio di ricerca di qualche altro chilometro. L'ipotesi del bambino di due anni in fuga o perso nei boschi può essere archiviata.

Dagli appostamenti a casa del medico per ora niente da segnalare. Attività ordinaria da contadino, anche con tutti quegli agenti dentro casa. Gli uomini sono dotati di un binocolo a infrarossi, controlleranno gli eventuali movimenti anche di notte.

«Che facciamo, maresciallo?»

Lui appoggia i gomiti sulla scrivania e affonda la testa tra le mani. Si massaggia il cuoio capelluto.

«Convoca Tabacci. Domani lo mettiamo sotto torchio».

«Volentieri» risponde.

Marazzi esce dalla stanza mentre squilla il telefono.

«Maresciallo De Benedittis» risponde stanco.

«Buonasera, maresciallo, sono Adele» la voce vibra come un corda di violino.

«Buonasera, Adele».

«Ci sono novità?»

«Nessuna, purtroppo».

La aggiorna sulle ricerche. Lei singhiozza disperatamente. Ripete che non doveva lasciarlo, che non se lo perdonerà mai.

Lui non sa cosa ribattere. Le dice di farsi coraggio, che forse Guelfo Tabacci ha davvero nascosto Tommaso in un luogo segreto perché non vuole che glielo porti via.

«E sa benissimo che se andate per vie legali lei ottiene l'affidamento esclusivo» conclude.

«Sì, ma dovrò cambiargli nome e scomparire. Altrimenti ci tormenterebbe per sempre» commenta lei.

«Anche se conoscesse la verità?»

«No, in quel caso mi ucciderebbe».

Lui rimane in silenzio. Sente il respiro affannato di Adele.

«Il suo ex marito, nel caso lo abbia nascosto, non potrà farlo a lungo» riprende.

«Ho paura che Tommaso sia morto» sussurra lei.

«È solo scomparso, Adele. Se fosse morto lo avremmo trovato. Quando lo ha visto l'ultima volta?»

«Il giorno che ho lasciato Guelfo. Aveva cinque mesi».

«E da allora non lo ha più visto?»

«Era la condizione dell'accordo».

«Perché non si è mossa prima? Legalmente, intendo».

«Ho sconvolto la mia vita. Volevo essere certa di aver fatto la cosa giusta e di avere una situazione tranquilla e sicura, prima di tornare a prenderlo. E Guelfo, come padre, era premuroso. Tommaso poteva crescere bene con lui».

«Infatti!» Il commento gli sfugge di bocca e ha un effetto devastante su Adele. Comincia a singhiozzare forte, fino a perdere il fiato.

Di rincuorarla, proprio non se la sente. La disperazione a volte può essere la giusta punizione per aver commesso un errore imperdonabile.

Dall'altra parte della cornetta sente una voce maschile che tenta di confortare Adele, ma invano.

Alla fine lei riattacca e il maresciallo rimane solo con se stesso.

9.

«Ancora?» fa Guelfo Tabacci, sbuffando come un bufalo. «Quante volte glielo devo ripetere?»

De Benedittis lancia un'occhiata a Marazzi, che alza le spalle da dietro la macchina per scrivere.

Il maresciallo si asciuga la fronte, sospira. Ore di interrogatorio e non si cava un ragno dal buco.

«Perché avrei dovuto nasconderlo?» ringhia. «C'è un accordo con la madre, sottoscritto davanti a un avvocato, immodificabile! Adele poteva scomodare il papa, ma non avrebbe mai ottenuto l'affidamento». Dà una manata alla scrivania, talmente forte che il portapenne salta e rotola per terra.

Se solo sospettasse la verità, pensa il maresciallo.

«Per questo lo ha rapito lei» conclude.

«Sua moglie...»

«La mia *ex* moglie» sottolinea.

«La sua ex moglie ha un alibi di ferro».

«E con questo? Avrà dei complici. Le devo insegnare io come fare il suo lavoro?» lo provoca Tabacci.

«Signor Tabacci» dice il maresciallo, con tutta la calma possibile. «Nessuno ha visto suo figlio nell'ultimo anno. Il che fa pensare che Tommaso sia sparito da tempo, non dall'altro ieri».

«È un reato essere un lupo solitario che non vuole vedere nessuno?» ribatte.

«Lei può fare quello che le pare, ma magari suo figlio ha bisogno di incontrare altra gente, di socializzare».

«Lei ha figli, maresciallo?»

«No» risponde lui.

«Allora stia zitto. E non venga a dire a me come fare il padre. Tommaso ha tutto ciò che gli serve. Una vita sana, in mezzo agli animali e alla natura».

«Suo figlio ha imparato a controllare la pipì e la cacca?»

«No» risponde senza pensare.

«Come mai in casa sua ci sono solo pannolini della misura per bambini fino ai dodici mesi?»

«Perché non uso più i pannolini. Costano un'esagerazione. Clara è una ladra».

«E cosa usa?»

«Dei panni apposta, come usavano mia madre e mia nonna».

«Peccato che non abbiamo trovato un singolo panno bagnato di pipì o sporco di cacca...»

«Ho fatto la lavatrice la sera prima della scomparsa» risponde prontamente.

«Non c'è traccia di pipì sulle lenzuola».

«Assorbono molto quei panni. E magari non ha pisciato durante la notte».

«Capitava spesso che avesse i panni asciutti al mattino?»

«Quasi mai. Ma è successo» fa lui.

Chiede all'uomo quanti denti ha suo figlio, cosa mangia, cosa riesce a fare, se parla, cosa dice e tutto quello che riguarda la gestione quotidiana di un bambino di due anni. Guelfo Tabacci non esita. È preparato. Ogni risposta è adeguata.

«Perché non ha portato suo figlio al richiamo per la vaccinazione?»

«Tra le mille cose da fare mi sono sempre scordato».

«Nonostante le molteplici sollecitazioni telefoniche dell'ufficio d'igiene».

«*Molteplici*? Mi hanno chiamato *due* volte».

«In ogni caso mi sembra una strana coincidenza che lei sia venuto a denunciare la scomparsa di Tommaso proprio il giorno in cui ha ricevuto la raccomandata dell'ufficio di igiene».

«Cosa vuole insinuare, maresciallo? La smetta di girare intorno alle cose e venga al dunque».

«Ha ucciso suo figlio?» domanda lui, secco.

Guelfo Tabacci salta in piedi come una molla, rovescia

la scrivania, la scavalca, e in un lampo lo afferra per il bavero della giacca e di peso lo sbatte di schiena contro il muro.

«NON SI AZZARDI MAI PIÙ A DIRE UNA COSA DEL GENERE!» gli urla in faccia, gli occhi iniettati di rabbia. Sul volto del maresciallo arrivano schizzi di saliva. «Non farei mai del male a mio figlio. MAI!»

«MOLLI LA PRESA!» urla Marazzi, sconvolto. Punta la pistola alla testa di Tabacci. La sua mano trema, la sicura è chiusa.

L'uomo si volta verso Marazzi, deglutisce, poi con la lentezza di un bradipo lascia andare il maresciallo e allarga le braccia in segno di resa.

«Mani dietro la schiena» fa Marazzi. Cerca di sganciare le manette dalla cinta ma non ci riesce.

«Marazzi, non penso ce ne sia bisogno» dice De Benedittis rimettendosi a posto il bavero della giacca. «Vero?» chiede a Tabacci, fissandolo negli occhi.

Lui annuisce.

«Metta via quella pistola, prima che qualcuno si faccia male».

Marazzi esegue.

Tabacci abbassa lentamente le braccia e raddrizza la scrivania e la sedia. Una lacrima gli scende al lato degli occhi, ma subito l'asciuga con l'avambraccio peloso. «Non so cosa mi è preso» sussurra.

«Questa reazione peggiora la sua situazione» dice il maresciallo, calmo.

«Si tratta di aggressione a pubblico ufficiale» aggiunge Marazzi.

«La sua ex moglie ci ha raccontato che più volte ha perso la testa e le ha messo le mani addosso» continua De Benedittis.

«Mi sono sempre trattenuto» risponde.

«E nulla ci impedisce di pensare che possa essere successo anche con suo figlio».

«Maresciallo, mi creda, non ho mai alzato le mani su Tommaso. Era un bambino buonissimo».

«Era?»

Tabacci sospira e dice di essere spossato. Sono ore che questo interrogatorio va avanti. Dice di smetterla di far le pulci a ogni singola parola, è stanco di giustificarsi.

«Non c'è niente che posso dire per convincerla della mia innocenza, vero?»

«Mi racconti la verità».

«L'ho già fatto».

«In mancanza di prove, la incrimineremo per aggressione a pubblico ufficiale. Rischia fino a cinque anni di carcere».

«Mi ha provocato lei».

«Le ho fatto una domanda legittima».

«Ma mi faccia il piacere. Non sono un assassino» fa lui scuotendo la testa. «Se lei vuole incastrarmi con questi sotterfugi, proceda pure. Metterà in galera un innocente. Non avete uno straccio di prova».

«Il suo ginocchio sinistro come sta?»

«Cosa c'entra il ginocchio».

«Niente. Il vecchio medico condotto mi ha raccontato che circa un anno fa lei lo aveva chiamato perché si era fatto male al ginocchio». Il maresciallo prende un fascicolo dalla scrivania, lo sfoglia, fa il vago.

Guelfo rimane in silenzio.

«Allora, questo ginocchio, si è sgonfiato ed è tornato a posto?»

«Sì, non era niente» risponde. «Una banale caduta dal trattore».

De Benedittis scuote la testa. Sorride.

«Troveremo le prove» dice risoluto. «E incastreremo anche i suoi complici».

«Non ne troverete» ribatte Tabacci mentre provocatoriamente sfila dalla tasca il pacchetto delle sigarette e se ne accende una.

De Benedittis allunga il braccio e gliela strappa di bocca.

Gli comunica che verrà trattenuto per la notte, e che ricominceranno l'interrogatorio domani mattina.

Tabacci lo fissa.

«Sta commettendo un grande errore, maresciallo. Proprio grande».

Quindi si gira e segue Marazzi verso la cella.

Vent'anni prima

L'incursione nella proprietà di Guelfo Tabacci

Diario di Filo
ovvero
di quando Scacco mi coglie alle spalle

Mercoledì

11.

Rullo ha mangiato poco e se ne sta in silenzio con lo sguardo fisso sul fuoco. Smuove continuamente le braci con un bastone e si vede che è preoccupato da morire.

Oggi abbiamo perlustrato tutto il muro di cinta strisciando come soldati. Siamo saliti su un fico, e nascosti dalle foglie abbiamo scoperto che c'è un recinto per cani. Abbiamo visto due cani da caccia che dormivano. Erano scheletrici, con il pelo a chiazze, tutti sporchi di terra. Gli altri erano dentro una capanna di lamiera. Quando siamo scesi hanno cominciato ad abbaiare, facendo un casino da spavento. Guelfo ha urlato e si sono azzittiti. Ce ne devono essere almeno cinque, minimo minimo.

Dalla parte opposta all'entrata c'è un cancello che dà sui campi. Ci può passare un trattore. È chiuso da dentro con un catenaccio e un lucchetto grande come un divano. Non si può scavalcare perché c'è del filo spinato in cima, ma si potrebbe tagliare la rete metallica in basso. È l'unica via d'accesso. Per raggiungere il recinto dei cani dovremo aggirare il porcile, attraversare l'orto e passare davanti al pollaio, saranno cento metri in tutto.

Il problema è Diablo. Se si accorge di noi siamo fritti. Non c'è un posto dove possiamo rifugiarci. E anche se ci fosse, arriverebbe poi Guelfo. Il che è peggio ancora.

«E se lo avveleniamo?» suggerisce Rullo.

«Diablo è cattivo perché lo è il padrone!» rispondo. «Non merita di morire».

«Nemmeno noi» commenta.

Come dargli torto.

«Lo possiamo addormentare» propone.

«E come?»

«Cantandogli la ninna nanna!» Rullo sorride, la bocca tirata come un elastico.

Gli racconto della filastrocca di mamma per farmi addormentare. Parlava di Gesù al lato del letto che mi rincuorava e mi diceva di dormire e di non aver paura, né di giorno né di notte fino al punto della morte.

«A quel punto vedevo un angelo nero sopra di me che mi veniva a prendere, ero terrorizzato».

«E non glielo dicevi?»

«No».

«Perché?»

«Mamma voleva farmi stare tranquillo» rispondo. «Ci sarebbe rimasta male».

Due lacrime, una per parte, spingono per uscire ma le blocco.

«Ho la soluzione» dico. «Compriamo delle polpette per Diablo».

«E se non funziona?»

«Impossibile. Hai visto com'è magro?»

«Magari Polifemo lo ha addestrato a non prendere niente dagli sconosciuti».

Propongo di fare una prova. Di andare là e tirargli

dentro una polpetta di carne. Se la mangia, siamo tranquilli.

«Tranquilli? Io, Filo, sono tranquillo solo se Diablo è rinchiuso in un bunker anti-atomico».

Alla fine gli illustro il piano. «Andiamo domani notte. Facciamo un buco nella rete del cancello. Lanciamo quintali di polpette a Diablo, da tenerlo occupato tutto il tempo, arriviamo al recinto dei cani, lo apriamo e scappiamo via. Se Birillo è lì dentro ci seguirà al galoppo. E via per i campi. Fuga verso la libertà».

«E se ci sono altri cani pericolosi?»

«Altre polpette».

«Dove le prendiamo?»

«Alla drogheria, in paese».

«E se Guelfo ci insegue?»

«Guelfo dorme».

«E se si sveglia?»

«Noi saremo già nei campi. Siamo più veloci».

«E se ci spara?»

«È notte, non può colpirci!»

«E se ha il mirino, come quello dei film, a raggi ultravioletti?»

«Infrarossi» lo correggo.

«Be', ci siamo capiti».

«Rullo, basta! Figurati se ha un mirino a infrarossi! Mica siamo in un film!»

«Non si può mai sapere» conclude. E si chiude muto a smuovere le braci.

«Giochiamo al vocabolario?» propongo.

Il gioco del vocabolario è un gioco tutto nostro che abbiamo inventato. Bisogna indovinare il significato di una parola presa a caso. Se lo indovini prendi un punto e hai diritto a una nuova parola, altrimenti il vocabolario passa all'altro. Di norma vince chi arriva prima a venti, ma noi abbiamo fatto anche partite che arrivavano a cinquanta, quando in inverno fuori pioveva.

«Hai portato il vocabolario?»

«Uno piccolo» rispondo sfilandolo dallo zaino.

A occhi chiusi lo apro a caso, punto il dito e lo mostro a Rullo. Lui posa il bastone, legge sottovoce.

«Vedi?» mi fa.

«Cosa?»

«Anche il vocabolario ci manda un messaggio».

«Perché?»

«Guarda che parola è venuta fuori».

«Quale?»

«*Repentaglio*».

«E che significa?»

«Indovina un po'...»

Giovedì

12.

«Con chi parli?»

Questo tizio mi coglie alle spalle. Sobbalzo. Da dove sia comparso non lo so proprio. È arrivato nel silenzio più assoluto. Nemmeno i passi sulla ghiaia, ho sentito. Un po' gobbo, le spalle curve, sembra un punto interrogativo. Indossa un montgomery verde, dei calzoni marroni di velluto a coste larghe arrotolati fino ai polpacci, mocassini senza calze e un berretto di lana a strisce arancioni e gialle dal quale spuntano dei riccioli neri. Neanche una goccia di sudore in fronte.

«Con Rullo, non vedi?» rispondo. Lui mette a fuoco, poi lo saluta.

«Scusa, Rullo, non ti avevo visto. Mica si può vedere sempre tutto. Vedi alcune cose, ti soffermi a osservarle e sparisce tutto il resto. Una cosa va in figura e il resto diventa sfondo, e nello sfondo la figura si perde, finché non torna di nuovo in figura, ma in quel momento la figura di prima si perde nello sfondo, è un ciclo infinito. Non c'è figura senza sfondo, né sfondo senza figura».

Di fronte al silenzio stupito di Rullo, il tizio mi domanda se è muto.

«È solo timido» rispondo. «Quando prende confidenza non la smette più di parlare. Comunque ora lui se ne va, deve andare a fare la spesa».

Rullo, offeso, si volta e, senza salutare, scende la strada. Lo guardiamo fino a quando non svolta l'angolo.

Mi presento. Il tizio dice di chiamarsi Scacco. Vive nella torre al di là delle nuvole, e indica il cielo azzurro, limpido.

«Da qui non si vede» aggiunge. «È questione di prospettiva, dipende dal punto da cui osservi. Da questo punto la torre non si vede. Ma se cambiamo prospettiva, eccome se si vede».

Si infila l'indice nell'orecchio e lo gira. Inclina la testa. Rimane immobile in questa posizione per un minuto buono. Poi ride.

«Sei proprio matto» mi fa. Alza il mento nella direzione in cui è sparito Rullo.

«Io!?» rispondo perplesso.

«Cambiamo prospettiva» fa lui.

Mi invita a seguirlo su per la salita. Scacco ha gambe lunghe che muove al rallentatore, come alla moviola. Cammina in punta di piedi, il passo felpato di una pantera.

In cima al paese entriamo in un portone. Saliamo sei rampe di scale fino a un terrazzo. Appoggiata alla parete c'è una scala di legno. Scacco sale. Quando è in cima mi dice di venire su, di non aver paura. Lo seguo. Lui si siede sui coppi, vicino al comignolo. A carponi mi avvicino. Scivolare da quassù significa morire.

«Laggiù» fa lui. «Eccola!»

La vista è spettacolare. Sotto di noi tutti i tetti del paese, rossi. In mezzo la matita all'insù del campanile. Al di là, le colline si inseguono dalla più alta alla più bassa fino al mare. Una linea azzurra, curva, in fondo.

«*Eccola* cosa?»

«La mia torre. La vedi?»

«Dove?»

«Su quella nuvola là».

All'orizzonte c'è un batuffolo di cotone, nel cielo.

«Che ti dicevo?» fa lui soddisfatto. E ride.

«E come fai ad arrivarci?»

«Volo» risponde sicuro. «Vuoi vedere?»

«Magari dopo».

Osservo la valle alla mia destra. Il fortino di Guelfo è appoggiato lì, silenzioso. Tiro fuori il binocolo dallo zaino. Sta zappando l'orto. Diablo gli è accucciato vicino, all'ombra di un albero. Sposto lo sguardo al recinto dei cani. Ne conto quattro. Nessuno che assomigli a Birillo.

Chiedo a Scacco se ha mai visto Birillo. Glielo descrivo.

«Forse» risponde.

«Forse?»

«Gli ho chiesto come si chiamava ma non mi ha risposto».

«A chi?»

«Al cane».

«E come glielo hai chiesto?»

«Così» fa lui. Scacco comincia a emettere un guaito, forte.

«Lascia perdere» rispondo afflitto.

Questo matto è credibile come papà quando promette di smettere di bere.

Il sole è ormai alto. Apro lo zaino, ripongo il binocolo e prendo il cappellino.

«C'erano tuoni e fulmini. Non poteva sentire» fa lui offeso. Salto su, in piedi, sul tetto.

«Chi?» domando.

«Il tuo cane».

«E dove l'hai visto?»

Mi indica la piazza della chiesa.

«Com'era?»

«Piatta, con le panchine».

«Il cane intendo».

«Aveva la coda tra le gambe».

«E poi?»

«Poi gli sono corso dietro. È andato nel bosco, di là». Gli chiedo se ha notato qualcos'altro di strano nel cane. Scacco dice che portava dei calzini bianchi.

Il cuore mi salta in gola.

«E le orecchie» urlo. «Le orecchie come erano?»

«Dispari» fa lui.

«Dispari?»

«Una su e una giù».

«È stata l'unica volta che l'hai visto?» chiedo eccitato.

Scacco risponde di no. L'ha visto anche quando c'erano i fiori sugli alberi.

«Birillo è sopravvissuto all'inverno!» urlo. Alzo le braccia al cielo. Lo tocco con il dito tanto sono felice. Lancio il cappellino. Salto sui coppi. L'altezza ormai mi fa un baffo.

Poggio male il piede, cado sul tetto, lungo, a pancia sotto. E comincio a scivolare, accidenti.

Tento di afferrare qualcosa, qualunque cosa. Niente. Non c'è una sporgenza, un chiodo. I coppi sono lisci. In questo istante scopro che anch'io, come Rullo, vorrei diventare vecchio.

Le scarpe scivolano oltre al bordo, si agganciano alla gronda. Sospiro.

Poi la gronda cede sotto il mio peso. Chiudo gli occhi. Penso a Rullo che da solo non riuscirà mai a liberare Birillo, penso a mio padre che non manterrà più la promessa di smettere di bere, e penso anche a mamma che non si merita tutto questo, non se lo merita proprio.

Poi sento una stretta intorno al polso e una gru che mi tira su, di peso. Apro gli occhi e vedo Scacco a pancia sotto, un mocassino ancorato al comignolo e un'espressione in faccia, una di quelle di quando fai la cacca, quella dura da spavento. Piega il braccio, io mi aggrappo a lui, e millimetro dopo millimetro riesco a raggiungere la cima del tetto. Mi siedo con il cuore a mille.

Scacco mi guarda, serio. Dice che io non so volare. Proprio no.

13.

«Scacco, scendi immediatamente!» urla Amélie. Tiene una mano sulla fronte per ripararsi dal sole. Da quassù è minuscola.

«E anche tu» aggiunge.

Strisciando raggiungo la scala. Mi trascino di sotto. Le gambe ancora tremano. Scacco mi segue.

In strada Amélie rimprovera Scacco. Gli dice che non deve farlo mai più, di salire sul tetto, che se no chiama i carabinieri.

«E tu sei più matto di lui a seguirlo» mi fa. «Cadere di sotto è un attimo».

«Scacco ha visto Birillo. In primavera» ribatto.

«E pensavi di trovarlo lassù?»

Mi chiede di Rullo. Scacco risponde che è andato a fare la spesa. Da Clara.

La tipa della drogheria, immagino.

«Andiamo anche noi, voglio conoscerlo».

Si avvia lungo la discesa. Quasi corre. Quando si accorge che non la seguo, si ferma.

«Che fate ancora lì?»

Non so se fidarmi di lei. Ha già spifferato tutto ai nonni. Non le posso dire del nostro piano. Minimo minimo manda tutto a monte.

La raggiungo e la guardo negli occhi color palude.

«Tu non sai tenere un segreto» dico.

«Che dici? Certo che sì» fa lei risentita.

«Non è vero» la provoco.

«Non è vero che non è vero».

«È vero».

«Vero cosa?»

«Che non è vero».

«Filo, io non ci sto capendo più niente».

Si mette una mano sul cuore e alza l'altra come il Papa. «Ti prometto che mantengo il segreto. Che non dirò nulla di nulla a nessuno. Che sto muta come un pesce con le tonsille infiammate».

«I pesci non hanno le tonsille».

«Fa niente. Non parlo con nessuno, te lo prometto. Nemmeno con lo specchio».

Decido di fidarmi.

Le racconto del piano. Che entreremo stanotte da Guelfo. Che abbiamo bisogno di un po' di polpette per tenere a bada Diablo e che ci servono pure degli attrezzi per tagliare la rete.

«Quelli so io dove trovarli» fa lei.

Mentre camminiamo mi racconta di Scacco. Parla piano per non farsi sentire. Lui ci segue qualche passo dietro. Silenzioso nella sua falcata da pantera.

Dice che tutti in paese lo chiamano Scacco perché era un campione di scacchi, nessuno lo batteva. Aveva vinto anche dei tornei. Era un ragazzino normale. Gentile e silenzioso. Il primo della classe. Ma a dodici anni i genitori sono morti in un incidente stradale. Lui non ha pianto una lacrima, dicono. Si comportava come se nulla fosse successo. Fino all'esame per il diploma. Quel giorno all'esame non ci è andato. I nonni si sono preoccupati perché non tornava a casa. Hanno cominciato a cercarlo, ma niente, era sparito. Lo hanno trovato solo tre giorni dopo, dormiva in un capanno al mare. Ripeteva disperato che il cavallo aveva mangiato la regina e pure il re.

L'hanno chiuso in manicomio e quando è tornato in paese non era più lui. È diventato matto. Da quando i suoi nonni sono morti, vive in parrocchia. Tutti si prendono cura di lui, gli preparano da mangiare, gli lavano i vestiti, gli puliscono la stanza. Non lo devi toccare senza permesso, non vuole essere toccato. Se lo fai diventa di pietra. A volte grida come un ossesso. Passa il tempo a passeggiare. Cammina sempre, tutto l'anno. Lento come un cammello. Silenzioso. Ogni tanto ti arriva da dietro e ti fa prendere un colpo.

«Lo so» dico.

Arriviamo davanti a un garage chiuso da una saracinesca.

«Una volta c'era un meccanico qui».
«Come facciamo a entrare?»
Amélie indica una finestra in alto.
«Scacco, aiutaci».
Lui fa salire Amélie sulle spalle. Le afferra le caviglie. Lei spinge la finestra, che dopo qualche resistenza si apre. Entra.
Scacco aiuta anche me. Salto giù dall'altra parte. Una nuvola di polvere si alza da terra.
In mezzo al garage c'è una macchina col cofano aperto sospesa su un ponteggio.
«È morto mentre la stava riparando» mi informa Amélie. «Il padrone non è più venuto a prenderla perché dice che l'anima del meccanico è rimasta chiusa dentro al motore».
In fondo all'officina si apre un ufficio minuscolo con una scrivania e una brandina col materasso sgualcito. Appeso, un calendario con una donna con una camicia scollata tutta bagnata.
«Bella, vero?» commenta Amélie.
«Non quanto mia mamma» replico.
«Anche lei si fa fotografare nuda?»
La guardo storto.
«Ho detto qualcosa che non va?»
«Lascia perdere, cerchiamo gli attrezzi».
Mi dirigo verso il bancone da lavoro.
«Cosa ti serve?»
«Qualcosa per tagliare una rete metallica e rompere un lucchetto».
Troviamo delle forbici giganti col manico lungo, fatte apposta per tagliare il ferro. Le infilo nello zaino. Già che ci sono prendo anche un cacciavite, un martello e delle pinze. Non si sa mai.

Spostiamo un carrello sotto la finestra per uscire.

In strada Scacco ci saluta come se non ci vedesse da mesi.

Dice di essere contento di rincontrare Amélie e il suo amico matto.

14.

Saluto Amélie e Scacco e vado a recuperare Rullo alla drogheria. Lo trovo inclinato come un salice al vento, che trasporta una grossa busta della spesa.

Mentre torniamo al campo base mi racconta di Clara, la tipa della drogheria, una signora più larga che alta che mentre cammina dondola di qua e di là.

Rullo la scimmiotta.

«Ti ha fatto domande?»

«Sì, mi ha chiesto cosa poteva fare per quest'ometto! Le ho detto che avevo bisogno di un camion di polpette per cani. E che ci devi fare? ha chiesto lei».

«E tu cosa hai risposto?»

«'Col *camion* o con le *polpette*?' ho risposto». Rullo ride.

Io un po' meno. Rullo non riesce a dire bugie. Minimo minimo le ha spifferato tutto.

Quando glielo riferisco, lui si offende, mette il broncio e non c'è modo di scucirgli altro.

Raggiungiamo in silenzio la tenda.

«Mangiamo qualcosa, prepariamo gli zaini e facciamo un pisolino che la notte sarà lunga» dico.

«Io non mangio».

«Come vuoi, ma se stanotte ti viene fame non lamentarti!»

Apro due scatolette di tonno. Una l'appoggio sul tronco di fronte a Rullo. Lui la ignora.

Mangio l'altra col pane, aggiungendoci sopra un po' di maionese.

Metto il tubetto a fianco della scatoletta di Rullo. Lui adora la maionese. Dubito possa resistere. Ci lascio anche il cartoccio con i panini.

Invece li ignora. Seduto sul masso, con un bastoncino, fa delle scritte nella terra. Quindi le cancella con la scarpa.

Nel frattempo ispeziono la busta della drogheria. Ci sono due sacchi di biscotti per cani e l'osso di un prosciutto, gigante, da sfamare un tirannosauro.

«Niente polpette?» chiedo.

«Costavano troppo. E poi non si possono mettere in tasca».

«Giusto» commento.

Rullo alza lo sguardo.

«Non ho aperto bocca con Clara» fa lui.

«Sicuro?»

«Perché non mi credi, Filo?»

«Perché non sai dire bugie».

Rullo risponde che è vero, ma che ci ha pensato bene circa le bugie. Spiega che ha scovato una regola per dirle senza dirle.

«Per dirle senza dirle?»

«Sì».

«E cioè?»

«Semplice. Dire sempre la verità, ma *non* tutta la verità».

«In altre parole nascondere quello che non vuoi far sapere?»

«Esatto».

«E cosa hai raccontato alla tipa della drogheria?»

«Che devo dare da mangiare a un cane feroce per farlo stare buono».

«E ti ha chiesto perché?»

«Certo».

«E tu che gli hai risposto?»

«Perché ci tengo alle mie chiappe, ho risposto. Pura verità».

«E cosa hai nascosto?»

«Tutto il resto. Della missione, di Guelfo, di Diablo. Abbiamo parlato solo di chiappe. Per Clara le chiappe sono importanti. Per questo è andata nel retro ed è tornata con quell'osso di prosciutto».

«E non ti ha chiesto altro?»

«A parte il nome, no. E se ero da solo».

«E tu che hai risposto?»

«Che ero con te, basta. Lei mi ha salutato scherzosa. Rullo, mi ha detto, riportate le chiappe sane e salve a casa».

«E così sarà» dico risoluto.

«Me lo prometti?»

«Di portare le chiappe sane e salve a casa?»

«Sì».

«Te lo prometto, Rullo». Alzo il braccio. «Parola di scout».

Lui sorride.

Poi si tuffa sul tonno e la maionese.

15.

Ci abbiamo provato a schiacciare il pisolino, ma a vuoto. L'agitazione è nemica del sonno. A metà pomeriggio eravamo ancora distesi sul sacco a pelo con gli occhi a palla. Abbiamo giocato al vocabolario fino al tramonto, distratti. Rullo è riuscito a prendere solo mezzo punto per la parola *beota.* Io ho fatto di peggio con *inquietudine,* zero punti, quando invece era il mio stato d'animo dominante.

Zaini in spalla, usciamo dal bosco, attraversiamo il campo di granoturco e attendiamo che le luci della casa si spengano per avvicinarci al cancello sul retro.

La luna è sorta, ma è ancora bassa dietro le montagne, il che aiuta a mimetizzarci nel percorso di avvicinamento. Costeggiamo le mura di cinta. Il canto dei grilli accompagna i nostri passi. Nessun rumore sospetto dall'interno. Nessun latrato.

Raggiunto il cancello sul retro mi inginocchio, tiro fuori le grandi forbici e comincio a tagliare la rete metallica in basso. Rullo, in piedi dietro di me, controlla il cortile. È l'addetto al lancio dell'osso, casomai comparisse Diablo. Lo impugna come una clava, pronto a colpire come un battitore di baseball.

«Fatto» dico.

Mi intrufolo dentro. Rullo mi segue, ma gli si incastra lo zaino. Si agita come un pesce nella rete. Non riesce ad andare né avanti né indietro.

«Potevi toglierlo» gli sussurro mentre lo aiuto a sganciarsi.

«E chi se lo ricordava di averlo addosso?» fa lui.

Camminiamo in punta di piedi a testa bassa, io davanti, Rullo dietro. Ogni tanto mi fermo per dei rumori sospetti. Rullo puntualmente mi sbatte addosso.

«Stai attento» lo ammonisco.

«Io guardo alle spalle» fa lui.

Arriviamo al porcile. Una struttura di cemento, con un pertugio che si affaccia in un piccolo cortile recintato da un muro di mattoni. Un tanfo acre impregna l'aria. Mentre l'aggiriamo un grugnito forte ci fa sobbalzare. Un grasso maiale rosa ci osserva. Grugnisce di nuovo, con un tono più alto. Un altro maiale risponde al richiamo sbucando da dentro. È una scrofa, e si porta dietro un nugolo infinito di pargoletti rumorosi. Se continuano così siamo spacciati, penso. E infatti.

Diablo comincia ad abbaiare. Il latrato arriva lontano, ma in un batter d'occhio diventa più forte. Il che significa che sta correndo verso di noi. Gli fanno eco i cani nel recinto.

«Siamo morti» fa Rullo.

«Prepara l'osso» faccio io, cercando di mantenere la calma.

«Quale osso?»

«Come quale? Quello che hai in mano».

«Accipicchia, non ce l'ho più!»

«Cosa?»

«Lo devo aver lasciato al cancello, quando mi si è incastrato lo zaino» fa lui con voce stridula.

«Che imbecille».

«Perfettamente d'accordo con te. E ora?»

Si aggrappa al mio braccio e stringe forte, come se non volesse perdermi.

«Fammi pensare».

«Fai in fretta, che sento già i passi di Diablo».

«Dobbiamo azzittire questi maiali, e nasconderci».

«E come?»

«I biscotti» suggerisco. «Butta i biscotti ai maiali».

Rullo non se lo fa ripetere, sfila lo zaino e li getta fuori a manciate.

I maiali si avventano sui biscotti e smettono di grugnire.

«Dai, scavalchiamo».

«Tu sei matto, Filo. In quella merda non ci entro».

«Fai come credi» gli dico mentre mi tuffo nel recinto e vado a nascondermi dentro il porcile.

Scivolo su qualcosa di morbido, e non ci vuole un genio per capire di che si tratta.

Mi accuccio in un angolo e un secondo dopo Rullo è al mio fianco.

«Cambiato idea?» sussurro.

«Filo, puzzi!»

«*Sssttt!* Non respirare».

«E come faccio?» protesta.

Diablo si avvicina al porcile. Ha smesso di abbaiare, ma sentiamo distintamente il suo fiutare tra lo sbiascicare dei maiali. Qui siamo al sicuro da lui, ma non da Guelfo se dovesse svegliarsi.

Il cane smette di fiutare e comincia a sgranocchiare. Forse qualche biscotto caduto prima. Dopo qualche minuto si allontana, silenzioso. Anche i cani nel recinto hanno smesso di abbaiare.

«I biscotti funzionano» dico. «Se dovesse tornare possiamo darglieli e se ne starà zitto».

«Filo?»

«Sì».

«Non ti arrabbiare».

Quando Rullo dice così è matematico che quello che mi dirà mi farà arrabbiare, matematico come il teorema di Pitagora.

«Non abbiamo più biscotti».

«Li hai dati tutti ai maiali?»

«Me l'hai detto tu!»

«Ti ho detto di buttargli i biscotti, ma non tutti».

«Dovevi essere più preciso».

«Vai a cagare, Rullo. Sono stato abbastanza preciso ora?»

«Così siamo in due a puzzare di merda» sogghigna.

Mi alzo, esco, guardo intorno e scavalco il recinto. I maiali continuano a grufolare felici. Mi sfiora l'idea di raccogliere i biscotti rimasti, ma la scaccio al pensiero di dove metterei le mani. Rullo dovrebbe farlo come punizione, glielo propongo. Fa una faccia schifata.

«È buio là sotto».

«Abbiamo la torcia».

«Non più».

«Non mi dire che hai perso anche quella!»

«Non te lo dico».

Sbuffo, giuro che se ne usciamo vivi gliela faccio pagare.

«Dove l'hai persa?»

«Devo averla dimenticata alla tenda».

Avrei voglia di urlare.

«Filo, non è poi la fine del mondo. C'è la luna piena».

Alzo lo sguardo. La luna è un buco bianco nel cielo nero. Dico a Rullo di seguirmi.

Attraversiamo l'orto fino a sbucare di fronte al canile. Ci accucciamo dietro le piante di pomodori. Medito una strategia.

Dobbiamo aprire la porta dei box, fin qui niente di complicato. C'è un chiavistello ma senza lucchetto. È il dopo che mi preoccupa. Se qualche cane è cattivo, senza biscotti e senza osso siamo fritti. E Birillo non potrebbe difenderci.

«Non sono cattivi» fa Rullo.

«Come fai a saperlo?»

«Sono cani da caccia, non da guardia. Corrono dietro alle prede».

«E chi ti dice che non siamo noi le prede?»
«Basta non scappare».
«E se arriva Diablo? Vuoi stare impalato e aspettare che ci azzanni?»
«Certo che no».
«E allora?»
«Dobbiamo creare un diversivo».
«Bravo, Rullo. Ma quale?»
«Idea» fa lui. Intravedo la mezzaluna bianca dei denti. Mi illustra il piano.
«Non mi sembra una buona idea».
«Fidati».
«Rullo, non può funzionare».
«Perché?»
«Ci sono mille motivi».
«Fidati per una volta» fa lui. «Funzionerà».
Ci penso su. Raccolgo un pomodoro, ha un profumo dolce, lo mordo e lo passo a Rullo.
«Delizioso» fa lui, pappandoselo in due bocconi. «Me ne passi un altro?»
«Non siamo qui per mangiare».
«Giusto» fa lui. «Allora, ti fidi?»
«No».
«Dai» insiste. «Funzionerà. Tra dieci minuti saremo fuori di qua con Birillo. Dobbiamo raggiungere il cancello e saremo salvi. Ti prego, per una volta, ascoltami. Fammi fare il comandante».
«Il comandante?»
«Per una volta sola. Non te ne pentirai».
Osservo il canile e il pollaio a fianco.
Riluttante dico che va bene.
Per dopo pentirmene.
Dieci minuti dopo, per l'esattezza.

Diario di Rullo
ovvero
di quando non mi riesce bene
di fare il comandante

Venerdì

11.

La cantina puzza di muffa. Una lampadina fioca pende dal soffitto. Oscilla sul filo elettrico sfilacciato. Si spegne per qualche secondo, un'eternità con il buio da spavento che c'è qui sotto. Enormi botti nere con gli anelli arrugginiti coprono un'intera parete. Nell'altra, vecchie scansie piene di bottiglioni di vino, vuoti e polverosi. Una piccola finestrella in fondo, alta, coperta di ragnatele. Dai vetri sporchi si intravede la grata del marciapiede e più su, dietro le sbarre, lontana, la luna piena sospesa nel cielo.

La porta è verde scuro, di legno, un legno duro come roccia. Provo ad aprirla ma è chiusa da fuori. Non c'è via di fuga, potremmo morire qui dentro, dimenticati dal mondo.

Filo se ne sta seduto per terra, ginocchia al petto, muto. I pugni chiusi e lo sguardo fisso nel vuoto. Ha giurato di non parlarmi più. Se provo a dire qualcosa mette le mani sulle orecchie e ripete suoni senza senso per coprire le mia voce. Ce l'ha con me, e come dargli torto.

Io pensavo che salire sul fico sarebbe stata la salvezza. Che scemo. Era meglio se continuavo a correre a perdifiato, che Diablo mi raggiungesse e mi sbranasse, che mi facesse a pezzetti e mi mangiasse un po' per volta. Filo sarebbe potuto scappare, salvarsi, almeno lui. Meglio morire solo io, azzannato al collo, che entrambi di fame e di sete in una cantina buia. Un miliardo di volte meglio.

E invece mi sono arrampicato sul fico, sul ramo più alto. Pensavo di essere in salvo. Diablo abbaiava come un ossesso, saltava, ma non ce la faceva a salire. Sarei potuto rimanere lì per ore, giorni o addirittura settimane, ci puoi giurare.

Ero pure sollevato quando Diablo ha smesso di ringhiare e con quel tronchetto di coda tra le gambe si è allontanato dall'albero. Per un po', sollevato. Solo per un po'. Perché i passi pesanti inconfondibili di Guelfo mi hanno annunciato che c'è sempre qualcosa di peggio. Tipo una canna di fucile puntata su di te e una voce cavernosa che ti intima di scendere, tu, ladro di polli. E ancora peggio il colpo di uno sparo quando non rispondi, un boato nella notte a qualche centimetro dalla tua testa. E allora capisci che quel brutto ceffo lì sotto fa sul serio, terribilmente sul serio, e che, se non scendi con le tue gambe, scendi con la gravità di un corpo morto.

«Non mi uccida!» ho gracchiato.

«Questo devo ancora deciderlo!»

«Allora non scendo».

«Pensi di avere alternative, moccioso?»

«Non ho fatto niente».

«Bugiardo».

A quel punto Guelfo ha alzato la canna del fucile e mirato dritto in fronte. Ho visto il fuoco sulla punta del fucile, ho chiuso gli occhi e sono volato giù. Questa volta ho visto davvero tutta la mia vita passarmi davanti, dal primo spermatozoo che ha bucato l'ovulo di mamma fino all'ultimo mio pensiero, ossia che morire cadendo da un fico non è una gran cosa, proprio per niente.

Ora, come sono arrivato in questa cantina buia posso solo ipotizzarlo. Dalla terra sui calzoni, dietro la maglietta e sulla schiena, e soprattutto dal dolore alla caviglia penso di essere stato trascinato qui di peso. Quando mi sono ripreso, Filo era già qui, stessa posizione di adesso, muto come un pesce.

Per fortuna lo zainetto è con noi, col diario e la penna. Se non posso parlare, almeno posso scrivere. Se fossi diventato grande sarei diventato uno scrittore, perché scrivere sembra l'unica cosa che mi riesce bene. L'unica.

Non mi riesce bene di fare il figlio. Sono una delusione per mamma. Mi ripeteva di stare alla larga dai guai, di stare attento alle brutte persone, di non dire bugie. E invece ho fatto tutto il contrario. Ed eccomi qui.

Non mi riesce bene di fare il comandante della spedizione per la liberazione di Birillo, non mi riesce affatto. Sono stato io che ho ideato il finimondo nel pollaio pensando di creare un diversivo. Mai avrei pensato che Diablo si sarebbe avventato sulle galline provocando una strage e svegliando Guelfo.

Per non parlare dell'essere un buon amico, ecco, questo è quello che mi riesce peggio. Filo ha fatto tutto per me, mi è sempre stato vicino, a suo tempo mi ha difeso dal padre, mi ha nascosto. Ha dimostrato di volermi bene, a modo suo, e anche se mi ha abbandonato in mezzo al bosco poi è tornato a riprendermi. Io invece cosa ho fatto? Ho mandato all'aria la missione e, peggio ancora, ho messo in pericolo la sua vita.

Che fiasco di amico che sono.

12.

Passi pesanti scendono le scale. Chiudo il quaderno, lo infilo nello zaino. Poi ci ripenso e cerco un posto dove nasconderlo. Noto un mattone sporgere dal muro, quindi lo sfilo e ci metto dietro il diario.

Sento lo sferragliare del chiavistello e la porta si spalanca.

Gli occhi piccoli e neri di Guelfo cercano nella semioscurità finché non si fermano su di me. Sono due frecce che mi trapassano da parte a parte.

La voce è il tuono di un temporale lontano.

«Come ti chiami, ladro di polli?»

«Ru-ru-llo» balbetto.

«Rurullo, e che razza di nome è?»

«Rullo, non Rurullo» lo correggo.

«Che nome idiota».

Meglio di Guelfo, vorrei rispondere.

«Cosa volevate rubare?» ruggisce.

«Niente, non volevamo rubare niente!»

Batte la punta dello stivale, impaziente. Guarda dalla parte di Filo, sembra non vederlo. Filo rimane immobile, respira a malapena.

«Quanti siete?» chiede.

«In due».

«Mi prendi per scemo!» tuona. Si abbassa e avvicina il viso contro il mio, a due centimetri. Il fiato puzza di alcol. «Avete tagliato il recinto, distrutto l'orto, fatto scappare le galline e liberato i cani. Siete molti di più. Non so dove si nascondono gli altri ma li stano come lepri, puoi starne certo. E questa scorribanda non la racconterete. Ti consiglio di esprimere il tuo ultimo desiderio».

«Tornare a casa?» azzardo.

«Sì, come no! La casa del Padre, nell'alto dei cieli». Guelfo scoppia in una fragorosa risata, di petto.

Si alza e dice che ci rivedremo presto, molto presto.

Getta un ultimo sguardo su di me e Filo, poi esce chiudendosi la porta alle spalle.

13.

«Ora che facciamo, Filo? Parlami, per favore. Di' qualcosa. Sei tu che sai sempre cosa fare, che hai sempre un piano pronto. Quasi sempre, a dire il vero. Se ce l'avessi avuto prima, un piano pronto, non saremmo qui. Ma ho insistito, lo ammetto, per fare a modo mio. La colpa quindi è mia, tutta mia. Ora però non è il momento di essere arrabbiato con me. Studiamo un piano di fuga, poi quando siamo lontani da qui mi potrai picchiare, insultare e non parlarmi più fino a che divento vecchio. Ora però dobbiamo essere uniti» piagnucolo.

Filo manco per niente. Una statua di marmo, impassibile.

Sembra che nemmeno Guelfo lo abbia scosso.

«Va bene, come vuoi tu. Io però non mi arrendo».

Devo raggiungere la finestra alta. Perlustro la cantina. Noto una botte più piccola, all'angolo. Provo a sollevarla. Pesa un quintale.

«Filo, aiutami. In due ce la possiamo fare».

Lui niente.

Picchietto con le nocche sulla botte. È piena. Così non ce la facciamo nemmeno in due. Dobbiamo svuotarla. Non abbiamo alternative.

Se la svuotiamo e poi non riusciamo a fuggire, è la fine.

Chiedo a Filo un parere, meglio lasciare le cose come stanno e sperare nella grazia di Guelfo o provare a scappare? L'intuito mi dice di non fidarmi di Guelfo. L'intuito mi dice di tentare la fuga. La ragione esattamente il contrario. E Filo, che ha sempre la soluzione giusta, non si pronuncia. Mi fissa con indifferenza, rassegnato.

«Va bene, Filo. Decido io, ma poi non ti lamentare» dico risoluto.

Prendo fiato e apro il rubinetto della botte. Il vino, rosso sangue, si riversa sul pavimento e forma un piccolo torrente che scorre lento verso la porta, passa sotto la fessura, e andrà a formare un lago fuori dalla cantina. Osservo terrorizzato il lago rosso a terra, il vino sembra non finire mai, l'odore è sempre più intenso, da ubriacarsi. Non passerà molto e lo sentirà anche Guelfo da sopra.

Dopo un'eternità smette di zampillare. Provo a smuovere la botte, ce la faccio anche senza l'aiuto di Filo. Con piccole spinte riesco a spostarla dal suo posto, cade a terra con un botto che nemmeno un fuoco d'artificio. Devo agire in fretta. La faccio rotolare fin sotto alla finestra e la metto in piedi. Un sudore freddo mi cola lungo la schiena.

«Potresti anche aiutarmi, anziché stare lì a guardare» rimprovero Filo.

Salgo in piedi, mi allungo verso la finestra, afferro la maniglia e provo a girarla. Non ci riesco, è bloccata dalla ruggine. Non è possibile, ti prego apriti, ti prego. Niente da fare. Potrei rompere il vetro ma l'apertura è troppo piccola, non riusciremo a passarci. Ci vorrebbe un martello.

Idea: il mattone. Il mattone del muro, quello dove ho nascosto il diario. Scendo speranzoso, sfilo il mattone, risalgo e comincio a battere forte la maniglia. Dopo qualche colpo finalmente si sblocca. Spalanco la finestra, la nostra via di fuga è aperta. Ora manca la grata sul marciapiede. Non riesco ad arrampicarmi, devo trovare qualcosa di lungo per vedere se si può sollevare. Il forcone, c'è un forcone vicino alla porta. Lo vado a prendere, risalgo, infilo le punte in mezzo alla grata e comincio a spingere con quanta forza ho in corpo. La grata non si alza nemmeno di un millimetro, deve essere chiusa dall'esterno con un chiavistello. Nemmeno in due potremmo romperlo. Siamo definitivamente condannati.

Lo annuncio a Filo e poi...

E poi mi metto a piangere.

14.

«*Psss, psss,* siete lì dentro?» sussurra una voce femminile dalla grata.

Nel sogno siamo imprigionati in una cantina allagata di vino e attendiamo rassegnati la fine. Guelfo che scende con Diablo famelico. Oppure Guelfo che scende con il fucile e ci spara in testa. Oppure Guelfo che ci strozza con quelle grosse mani da contadino. Guelfo che ci fa leccare tutto il vino sparso fino al coma. O Guelfo che non scende più e ci fa morire di fame. Oppure Guelfo che ci taglia a pezzetti con l'ascia e ci butta nel pozzo. Quale che sia la fine, una cosa è certa: non c'è verso di scamparla, non basterebbe nemmeno un miracolo.

Nei sogni però si può tutto. Nei sogni può scendere pure un angelo con la voce di una bambina che chiama il tuo nome e chiede se sei lì dentro.

«*Psss, psss*, Filo, Rullo, siete lì dentro?»

Nel sogno una luce pazzesca spalanca la grata e un angelo bellissimo con bianche ali da condor irrompe nella cantina, mi afferra sotto le braccia e mi porta in salvo. Sono in alto nel cielo, non voglio risvegliarmi.

«Non sono qui» gli risponde una voce maschile.

Apro gli occhi stralunato. Filo fa altrettanto.

«Stavo sognando?»

Il fascio di luce di una torcia scende dalla grata e corre lungo il pavimento, poi si spegne.

Dei passi veloci sulla ghiaia. Si allontanano.

«No!» grida Filo.

È la prima parola che pronuncia da quando siamo qui dentro.

Balza in piedi e si arrampica sulla botte. Chiama Scacco.

I passi sulla ghiaia si allontanano sempre più.

«Insieme, Rullo!» dice.

Per la prima volta nella vita lo capisco al volo.

«SCACCO!!!» urliamo con tutta l'aria dei polmoni, disperati.

Rimaniamo in silenzio.

I passi si fermano. La ghiaia non scricchiola più.

Poi ricomincia, con ritmo, e si fa sempre più veloce e più vicino.

«Siamo qui» fa Filo. «Siamo qui!»

Dalla grata compare la luce della torcia. Illumina il viso di Filo, poi il mio.

«Spegni la torcia, così ci accechi» dice Filo.

Scacco obbedisce.

Nella semioscurità, scorgo un sorriso bianco con la forma di una fetta d'anguria.

Un secondo dopo compare Amélie.

«State bene?» chiede a Filo.

«Sì, ma tirateci fuori da qui, abbiamo i minuti contati».

«Rullo dov'è?»

«Qui sotto, sotto la botte».

«Cos'è questa puzza?»

«Vino».

«Vi siete ubriacati?»

«No, Amélie, ti spiego dopo. Ora apri questa grata».

La sento trafficare con qualcosa di metallico.

«C'è un lucchetto, chiuso».

«Trova qualcosa per romperlo».

«Cosa?» piagnucola lei.

«Non so, qualcosa, qualunque cosa».

«E cosa?»

«Un attimo, Amélie. Al garage abbiamo preso quelle forbici giganti, ricordi?»

«Tronchesi».

«Tronchesi?»

«Il nome corretto delle forbici giganti è *tronchesi.* Se fossero più piccole si chiamerebbero tenaglie oppure pinze ma nel caso specifico, per la grandezza e la funzione, il nome più appropriato è...»

«Ce lo spieghi dopo, Scacco» fa Filo.

«Dove le avete lasciate?» chiede Amélie.

«Al cancello, dove abbiamo tagliato la rete».

«Dove siamo entrati anche noi. Scacco, corri a prenderle» fa Amélie.

«Come una pantera nella giungla» risponde lui.

«Vai anche tu, Amélie. Controlla cosa combina».

«Va bene. Voi tenete duro».

I passi sulla ghiaia si allontanano veloci.

15.

«Ce la faranno?» chiedo a Filo.

«Con te non parlo» fa lui. Ha un broncio lungo come un treno.

«Perché?»

«Lo chiedi pure? Guarda in che casino siamo. Di chi è la colpa, di chi?»

Deglutisco. «Ora ci salvano» dico poco convinto.

«Come no? Un matto e una bambina contro Guelfo e Diablo. Nemmeno in un film di fantascienza vincerebbero».

«A volte la realtà supera la fantasia».

«A volte, hai detto bene Rullo, *a volte.* Peccato che questa non sia una di quelle».

«Mai dire mai».

«Basta, Rullo, con questi luoghi comuni».

«Luoghi comuni? Che vuoi dire?»

«Banalità, dicerie senza fondamento nella realtà».

«Quanto sei negativo».

«Trovami un solo motivo per essere positivo, uno solo».

Ci penso.

«Be', siamo ancora vivi».

«Ancora per poco».

«E poi siamo in due. Morire da soli sarebbe peggio».

«Rullo! Sai meglio di me che non siamo…»

«*Sssttt!*» lo interrompo. «Senti anche tu quello che sento io?»

Dalla finestra il rumore di passi sulla ghiaia.

Ma dalla porta il rumore di passi che scendono le scale.

«Cos'è questa puzza di vino?» ruggisce la voce di Guelfo.

Filo sale sulla botte e dice a Scacco e Amélie di fare presto, presto prestissimo.

Sento Scacco dire gioioso di aver trovato le tronchesi. Dice di essere un esploratore spettacolare. Un esploratore spettacolare matto, puntualizza.

Fuori dalla porta, il ritmo dei passi che pestano gli scalini si fa via via più forte. Poi l'inconfondibile tonfo di una scarpa che affonda in una pozzanghera, una pozzanghera di vino rosso, poi un altro tonfo, e infine una bestemmia che solo la metà ti manderebbe all'inferno.

«Il mio vino! Sei morto, moccioso!»

A chi dei due si riferisca non è dato saperlo, mi sembra però un dettaglio trascurabile.

La chiave si infila nella toppa. Guardo il buco della serratura, un cigolio metallico mi paralizza. Prima mandata. Un'altra ancora e siamo morti.

«Rullo, il catenaccio!!!» urla Filo.

In una frazione di secondo mi accorgo del vecchio catenaccio arrugginito poco sopra alla serratura. Mi ci getto a capofitto e lo tiro per chiudere la porta dall'interno. È bloccato. Sono secoli che nessuno lo usa. Tiro forte ma non si muove.

«Aiuto, Filo!» urlo.

Proprio mentre la maniglia si abbassa sento le mani di Filo sulle mie e la forza dell'incredibile Hulk impossessarsi di noi. Siamo verdi, forti e potenti come non mai. Il catenaccio non può opporre resistenza e si chiude con il colpo secco di una martellata sull'incudine.

Guelfo tira giù una seconda bestemmia che la prima in confronto era una carezza.

«APRI!!!» tuona.

Ci fiondiamo alla finestra. Imploriamo Scacco di fare presto, di spaccare il lucchetto e tirarci fuori di qui.

Amélie dice che Scacco è rosso come un peperone ma che il lucchetto non si spezza.

Intanto Guelfo prende a spallate la porta, accompagnandosi a suon di bestemmie. Il cardine comincia a cedere. Le viti che lo tengono alla parete ruotano su se stesse come in un film dell'orrore. Ma qui non siamo davanti alla tv. No, qui siamo nella vita vera. Vera verissima da spavento.

Filo è in piedi sulla botte. Noto il riflesso delle tronchesi sulla grata. Gocce di sudore di Scacco, gocce di sforzo. Accompagnato da un urlo disumano. Amélie che lo incita. E batte con un martello sul lucchetto. Fanno un casino enorme. Strano che Diablo non li abbia ancora sentiti e sbranati in un sol boccone.

«Che succede lì dentro?» sbraita Guelfo. Si riposa un attimo, col fiatone di un uomo a fine maratona. Forse non ce la fa più.

Mi sbaglio. Riprende con più potenza di prima. Guardo terrorizzato Filo, lui guarda terrorizzato me. Non c'è niente che possiamo fare. Le botti sono piene, non possiamo spostarle contro la porta.

Però, visto che devo morire, tanto vale fargliela pagare per bene.

Così apro tutti i rubinetti di tutte le botti, proprio tutte. Torrenti di vino inondano la cantina. Solo l'odore mi ubriaca. Rido e mando a quel paese Guelfo.

«'Fanculo vecchio!» urlo. «Non mi fai paura, né tu né Diablo! Non sei capace neanche di buttare giù la porta! Sei un vecchio rimbecillito!»

Afferro i bottiglioni e li lancio contro la porta. Alcuni rimbalzano e cadono a terra interi, altri colpiscono il muro e si rompono in mille pezzi. Uno centra in pieno la lampadina. Rimaniamo al buio.

Rido a più non posso e penso che non avrei mai immaginato di morire ridendo. Da scompisciarsi. A dire il vero penso pure che non ho mai immaginato di morire, fino a ieri.

«Vecchio rimbecillito!» continuo a ripetere.

Poi sento Amélie gridare di gioia. «Si è rotto, il lucchetto si è rotto!»

La grata si apre con un cigolio e Filo dice a Scacco di allungargli una mano e di tirarlo su.

Mi volto e vedo il corpo di Filo passare di peso dalla finestra come fosse sollevato da una gru.

Uno schianto improvviso e un tonfo mi immobilizzano. Schizzi di vino mi bagnano dalla testa ai piedi. Osservo il vecchio rimbecillito fissarmi negli occhi. Poco dietro di lui Diablo mi mostra lo splendore dei suoi canini. Due zanne appuntite. Io smetto di ridere.

«Puoi ripetere cosa dicevi, moccioso?» mi fa Guelfo. «Che fai, non ridi più?»

Dalla finestra Scacco dice di salire sulla botte, subito, che mi tira fuori da qui. Ma la sua voce sembra lontana anni luce. Salire sulla botte e afferrare la sua mano è un'impresa titanica. Nemmeno Superman ci riuscirebbe.

«Guelfo, ritiro tutto quello che ho detto!» dico.

Lui sbotta in una risata che rimbomba per tutto lo scantinato. Abbassa lo sguardo sulle botti e si accorge dei rubinetti aperti.

Smette di ridere. Un silenzio agghiacciante invade la cantina.

Anche Diablo smette di ringhiare.

Poi un tuono esplode dalla sua bocca. «IO TI AMMAZZO!!!»

Guelfo si scaraventa contro di me con entrambe le

braccia alzate. Diablo al seguito con un ringhio malefico. E io sono pietrificato come un nano da giardino. Non diventerò mai vecchio, ne sono certo come sono certo che Babbo Natale non esiste. Su Dio nutro ancora qualche dubbio. Poi un martello rotante sfiora la mia testa e colpisce il gomito di Guelfo.

Un urlo di dolore e una bestemmia.

Scacco sporge con metà corpo dalla grata. «Prendi queste!» mi fa.

Afferro le tronchesi con due mani e come un tennista epilettico colpisco di dritto e di rovescio quello che c'è.

Guelfo si tiene il braccio dolorante. Diablo guaisce. Approfitto del loro smarrimento e salgo sulla botte.

«Non provate a toccarmi!» li minaccio. Guelfo si avvicina con un ghigno omicida.

«Moccioso!» dice.

Prendo lo slancio per colpirlo con un rovescio. Miro alla testa.

Lui schiva il colpo e veloce come un fulmine mi strappa le tronchesi dalle mani.

«Hai finito di campare!» sogghigna.

Due braccia forti mi afferrano da dietro e mi trascinano su di peso. Mi volto, sbatto contro il viso paonazzo di Scacco. Dice di aggrapparmi a lui. La schiena strofina contro lo stipite della finestra, poi il sedere e le gambe. Vedo la grata aperta, il marciapiede, Amélie e Filo che stanno già correndo via. Scacco mi lascia e appoggio i gomiti sul marciapiede. Sono salvo, penso.

Ma un attimo dopo una grossa mano mi afferra la caviglia. E mi tira giù.

Diario di Filo
ovvero
di quando solo io posso liberare Rullo

Venerdì

16.

«E Rullo dov'è?» domanda Amélie preoccupata. È piegata sulle ginocchia, respira come Birillo in agosto.

«Già, dov'è?» rispondo in automatico.

Mi guardo attorno. Amélie si guarda attorno. Scacco si guarda attorno.

«Non stava correndo dietro di noi?» chiede allarmata.

«Io non l'ho visto».

«Scacco, tu l'hai visto?»

Risponde di averlo tirato fuori dalla finestra poi si è messo a correre. Di aver attraversato il piazzale, il recinto dei cani, il pollaio, l'orto e il porcile. Di essersi infilato sotto la rete, di aver saltato il fosso e su per il campo.

«Ma Rullo ti correva dietro?» Amélie lo interrompe esasperata.

«La visione oculare di un umano è di circa centoventi gradi guardando un punto davanti a te, e io guardavo dove mettevo i piedi, non correvo all'indietro...»

«Quindi non l'hai visto» lo interrompo io, questa volta.

«Non ho occhi sulla nuca».

«Bastava che dicevi no» lo rimprovera Amélie.

Lui abbassa lo sguardo e si gratta il cappellino di lana.

Le gocce di sudore gli scendono lungo le tempie e gli zigomi, riflettendo chiare la luce della luna.

«Torniamo a cercarlo!» dice Amélie.

Ci incamminiamo verso casa di Guelfo. Entriamo nel campo di granoturco. Sembra una foresta buia. Scacco ci fa strada. Con movimenti felpati riesce a passare tra il grano con grazia e leggerezza. Amélie mi chiede di prenderle la mano. Ha paura, dice. I suoi occhi scintillano. La mano è calda, morbida. Trema un po'. Non le dico che me la sto facendo sotto anch'io, che non vorrei più tornare in quella casa, che non vorrei più vedere Diablo e Guelfo. Non posso dirle queste cose, io sono più grande, io devo proteggerla, farla sentire sicura.

«Perché ci avete seguiti?» chiedo.

«Non vi abbiamo seguiti. Scacco è venuto a svegliarmi. Era fuori di sé, aveva sentito uno sparo. Ripeteva che eravate in pericolo. E così l'ho seguito».

«E i tuoi nonni?»

«Russavano come due trattori».

Camminiamo ancora per qualche minuto. Stringo forte la mano di Amélie, le sussurro grazie. Lei si ferma. Risponde prego, ma che il merito è di Scacco. Con voce tremante mi chiede di Birillo.

«Abbiamo liberato tutti i cani ma lui non c'era» rispondo triste.

Lei alza il braccio e mi accarezza il viso. Lo sfiora come fosse il petalo di una rosa. E le mie guance divampano. Potrebbero accendere una sigaretta anche solo ad avvicinarla. Ci puoi giurare, che si accenderebbe. Fortuna che è notte.

Raggiungiamo i margini del campo. Scacco si distende a terra come un soldato in trincea e invita anche a noi a farlo.

«Missione segreta in codice. Liberazione di Rullo. Fase

uno. Perlustrazione del recinto. Via libera. Nessuna belva bavosa di guardia».

«Cosa sono quelle luci?» sussurra Amélie.

La facciata della casa è illuminata da luci celesti a intermittenza.

«Guelfo ha acceso l'albero di Natale».

«Siamo in estate, Scacco» dice Amélie.

«E allora?»

«Babbo Natale arriva a dicembre».

«Magari quest'anno si è sbagliato a partire».

«Mica è scemo».

«La demenza senile si manifesta intorno ai sessantacinque anni con un'incidenza nella popolazione che cresce proporzionalmente all'invecchiamento. Questo rende Babbo Natale un soggetto ad alto rischio».

Dico a Scacco di smetterla. Non sono le luci dell'albero di Natale, quelle là. Sono i lampeggianti di una macchina dei carabinieri.

«Chi li ha chiamati?» domanda Amélie.

«Guelfo, immagino».

«E perché?»

«Per denunciare che ci sono stati dei ladri» ipotizzo.

«Ma noi non siamo dei ladri» protesta Amélie.

«Avremmo potuto esserlo».

«Oh, cavoli! E ora?»

Dico ad Amélie di rimanere accucciata qui. Io e Scacco ci trascineremo fino al muro di cinta. Mi isserò sulle sue spalle per dare un'occhiata dentro.

Strisciamo fino alla base del muro.

«Dai, Scacco, tirami su».

Lui esegue l'ordine. Davanti alla casa sosta una macchina dei carabinieri con i lampeggianti accesi. Poco più in là, be', poco più in là, sì, proprio lui. Mio padre.

17.

Papà cammina avanti e indietro. Lancia il mozzicone di sigaretta. Una parabola arancione nel buio. Va a pestare il mozzicone. Tira fuori il pacchetto e se ne accende un'altra.

Scacco chiede cosa vedo.

Gli rispondo di stare zitto e fermo. «Dopo ti racconto».

Guelfo e due carabinieri escono dalla casa. Mio padre getta la sigaretta e si dirige veloce verso di loro.

«Allora?» chiede.

«Non abbiamo trovato nessun bambino».

«Ma avete cercato bene?»

«Dappertutto».

«Ve l'ho detto» interviene Guelfo. «È scappato, il moccioso».

«A quel che dice il signor Tabacci» interviene il carabiniere, «suo figlio si è introdotto nella sua proprietà, ha aperto tutti i box degli animali...»

«Provocando una strage» puntualizza Guelfo.

«... e poi è entrato in casa, si è rifugiato in cantina, dove ha aperto tutti i rubinetti delle botti di vino per poi fuggire scassinando la grata e la finestra...»

«Maresciallo, secondo lei un ragazzino da solo può aver fatto tutto questo?» lo interrompe mio padre.

Guelfo dice che non ero solo, che eravamo una banda, una banda di delinquenti. E che farebbe bene, mio padre, a educare me, suo figlio, con dei principi sani, non come un teppista che va a fare danni nelle case degli altri per puro divertimento.

«Se ha fatto tutto questo gli darò una punizione esemplare, stia pur certo, ma non mi dica come devo educare mio figlio».

«Figuriamoci, cosa ci si può aspettare da un padre che dà un nome così idiota al figlio».

«*Nome idiota*?» domanda mio padre perplesso.

«Rullo!»

«Ha parlato con Rullo?»

«Mi ha sbeffeggiato tutto il tempo da dentro la cantina, il codardo, prima di fuggire. Un maleducato di prima categoria».

Bugiardo! vorrei urlare. Rullo è ancora rinchiuso là dentro!

«Be'» interviene il carabiniere, «si dà il caso che lei stia parlando con il padre di Filo, e non di Rullo».

«Non importa. I due mocciosi sono fatti della stessa pasta!»

«Stia zitto!» gli fa mio padre. Getta la sigaretta e stringe i pugni lungo ai fianchi.

Scacco dice che non ce la fa più a reggermi, che deve riposarsi.

«Resisti» rispondo.

Il maresciallo dice di smetterla, che discuteranno in seguito. Ora la priorità è trovare i bambini, non devono essere lontani.

«Dopo ricostruiremo l'accaduto».

Ordina al collega di chiamare i rinforzi per setacciare la zona. Attenderanno l'alba e cominceranno le ricerche. Quindi chiede a mio padre se conosce Rullo.

«Certo. È il migliore amico di mio figlio» risponde scuotendo la testa. «E non è una buona notizia».

«Perché?»

Mio padre prende in disparte il maresciallo e gli parla a lungo sottovoce, appoggiato al trattore. Guelfo non può sentire, si trova controvento, io invece sento ogni singola parola e serro i denti.

Alla fine il carabiniere appoggia una mano sulla spalla di mio padre e gli dice che può tornare a casa e lo terrà informato sugli esiti della ricerca.

«A casa non ci torno» risponde. «Cercherò con voi».

Il maresciallo dice che va bene. Torna da Guelfo e lo ammonisce. «Noi abbiamo ancora un conto in sospeso, signor Tabacci. Se ha torto anche un solo capello a uno di quei bambini, le giuro che la sbatto in galera per il resto dei suoi giorni. E questa volta ci riesco!»

Guelfo scoppia in una sonora risata. «Maresciallo» gli fa, «ma allora lei è ossessionato. Si faccia curare. Altro che un capello andrebbe torto a quei mocciosi, si meriterebbero una bella lezione, non la sua protezione. Vada a fare il suo lavoro e si tolga di torno. E se per caso le venisse in mente di tornare, si procuri un mandato di perquisizione».

«Grazie del suggerimento, signor Tabacci, sarà mia premura farlo».

Poi ordina al collega di mettere in moto, invita mio padre a seguirlo e se ne vanno.

18.

«E ora cosa cavolo facciamo?» chiede Amélie.

Guardo il cielo. Si sta schiarendo. Dobbiamo fare in fretta.

«Perché non vuoi andare da tuo padre?»

«Te l'ho già detto, Amélie. Quello mi porta a casa e mi mette in punizione a vita».

Per non parlare dello strizzacervelli da cui mi manderebbe.

Questo però non glielo dico.

«Ma se non ti trova starà in pensiero».

«A mio padre non gliene frega niente di me».

«E a tua madre non ci pensi? Morirà di crepacuore».

«Impossibile».

«Perché?»

«Perché mia mamma è già morta» rispondo duro. Ricaccio giù la pallina da tennis che mi sale in gola.

Amélie deglutisce.

Mi chiede scusa, non sapeva. Dice che le dispiace tantissimo, che perdere la mamma deve essere la cosa più terribile dell'universo.

«Perdere papà e mamma insieme è la cosa più terribile dell'universo» precisa Scacco.

«Oddio, scusami Scacco» fa Amélie. Gli si avvicina, chiede il permesso, poi lo abbraccia intorno alla vita. Lui rimane con le braccia alzate come se gli puntassero una pistola.

«Dai, muoviamoci» faccio io.

Arriviamo all'accampamento e smonto veloce la tenda, la piego e la infilo nello zaino con tutte le altre cose. Scacco cancella tutte le impronte con un ramo. Mi domanda una maglietta sudata o sporca.

«Che ci fai?» chiede Amélie.

«Arrocco!»

«Cosa?»

«Metto al sicuro il re!»

«Non ti capisco» protesta Amélie.

Nemmeno io, ma mi fido. Gli passo la maglietta e ci avviamo veloci verso il paese. L'unico posto dove posso nascondermi è sotto i loro occhi.

«Se i carabinieri non hanno trovato Rullo in casa, allora dove si trova?» chiede Amélie col fiatone.

«È ancora dentro, ne sono sicuro».

«Ma perché non l'hanno trovato?»
«Deve esserci un nascondiglio segreto».
«Perché non vuoi farti aiutare dai carabinieri?»
«Non mi fido di loro. E poi solo io posso liberare Rullo».
«Perché?»
«Perché sì».
«Non è una risposta».
Sbuffo. «Amélie, è così e basta. Fidati».
Raggiungiamo il garage senza incrociare anima viva. Prima di entrare dalla finestra le faccio promettere di tenere la bocca cucita e le orecchie aperte.
«Mi raccomando, voi avete dormito stanotte».
«Come ghiri» fa Amélie.
«A essere precisi» aggiunge Scacco, «il ghiro è un animale principalmente notturno, lui dorme di giorno quando non è in letargo. Non possiamo aver dormito come ghiri».
«Va in letargo, il ghiro?» chiede Amélie.
Scacco annuisce.
«Allora come ghiri in letargo» puntualizza Amélie.
«I ghiri vanno in letargo in inverno e ora è estate».
«Scacco!» lo richiama Amélie. «Abbiamo dormito stanotte. Di sasso. Così va meglio?»
«No, il sasso non dorme».
«Smettetela!» li interrompo. Potrebbero continuare per ore.
«Con i tuoi nonni come la mettiamo? Potrebbero essere già in piedi?» chiedo ad Amélie.
«Ai miei nonni ci penso io. Non sarebbe la prima volta che mi alzo prima di loro» sorride e fa l'occhiolino.
«Va bene. Vi aspetto al tramonto». Scacco mi aiuta a salire.
Corrono via con la testa bassa come sotto i bombardamenti.

19.

Fisso un raggio color carota, scende obliquo dalla finestra. Colpisce il parafango cromato della macchina e si spezza in petali che rimbalzano fino al soffitto. Mi stiro, stropiccio gli occhi e mi metto a sedere sulla brandina. Scopro con sollievo un piccolo bagno, mi siedo sul water e medito un piano ma la mente è vuota.

Vuota, come è vuoto il mio corpo.

Mi manca Rullo.

Mi manca Birillo.

E mi manca mamma.

Ma i miei occhi sono secchi, e le lacrime cristalli di sale grosso.

Un sassolino colpisce il vetro della finestra. Amélie sulle spalle di Scacco mi dice di aprire la porta sul retro. Li faccio entrare.

Amélie appoggia sul bancone una busta di plastica. Tira fuori un panino col salame lungo un chilometro e una bottiglia d'acqua. «Avrai fame» dice.

Mi getto sul panino con la voracità di un leone.

«Vi ha seguito nessuno?» chiedo con la bocca piena.

Amélie e Scacco si scambiano uno sguardo.

«No» risponde lei. «Non fin qui».

Prima che io possa ribattere racconta concitata che c'era un tipo che li pedinava. Quando erano dentro la drogheria di Clara per comprare il panino, Scacco ha avuto la brillante idea di chiedere se c'era un bagno. Sono fuggiti da lì, dalla finestra sul retro. C'era un po' di gente nel negozio e nessuno si è accorto.

«Chissà che faccia avrà fatto il tizio quando ci è venuto a cercare» conclude ridacchiando.

«Perché vi seguiva?»

Amélie si fa seria e racconta che quando è rientrata i nonni dormivano e non si sono accorti di nulla, ma che l'hanno svegliata presto perché c'era il maresciallo che voleva farle qualche domanda.

«Cosa ti ha chiesto?»

«Se avevo dormito bene e se mi ero alzata per fare pipì».

«Cosa hai risposto?»

«Come avevamo detto. Che ho dormito come un ghiro e non mi è scappata la pipì. Ma lui sapeva un sacco di cose. Voleva sapere dove ti nascondevi, ma io muta come un pesce senza tonsille».

«Brava. Che altro?»

«Ha detto che tuo padre ti vuole molto bene e che non ti punirà».

«Non è vero. Lui non conosce mio padre» protesto.

«E che se smetterai di nasconderti muoverà anche l'esercito per cercare Rullo e Birillo».

«Non gli credo» taglio corto.

«Be', io ci ho provato» dice sollevata.

«A far cosa?»

«A convincerti. Ora sono a posto con la vocina interiore».

«La vocina interiore?»

«Il nonno la chiama coscienza».

«Capisco».

Tracanno un lungo sorso d'acqua. Quindi domando a Scacco se il maresciallo è andato anche da lui.

«No. Sono andato io da lui».

«Perché?» chiedo allarmato.

«Per dire che vi avevo visto».

«Quando? Dove?»

«Sul sentiero verso valle, con gli zaini in spalla».

«Quale valle?»

«Quella che porta verso il mare. Di là» e Scacco indica la parete.

«E ti hanno creduto?»

«Naturalmente, mica sono matto. E ci hanno mandato anche il cane».

«Il cane?»

«A seguire le tracce».

Scacco si porta una mano davanti alla bocca e sogghigna.

«Perché ridi?» chiede Amélie.

«Perché le hanno trovate».

«Cosa?»

«Le tracce».

«E come hanno fatto?»

Risponde di aver agganciato la mia maglietta a un bastone e di averla trascinata sul sentiero fino al fiume. L'ha abbandonata alla corrente. È corso indietro ed è andato dai carabinieri.

«Scacco, sei un genio!» proclamo. Faccio per buttargli le braccia al collo, ma lui si ritrae allarmato.

«Perché lo hai fatto?» gli chiede Amélie.

«Per vincere devi sviare l'avversario. Attacca la torre per mangiare la regina».

«Che?»

Spiego ad Amélie che sono pezzi degli scacchi, che la regina è quella che vale di più, e che se la mangi hai praticamente vinto.

«Ma allora è un gioco per cannibali?»

«No, possono giocare anche i vegetariani» risponde Scacco.

«Amélie, carnivori, non cannibali» preciso.

«Cosa?»

«Chi mangia carne».

«Anche i cannibali la mangiano».

Spazzolo la maglia dalle molliche. Lascio perdere, dico di andare avanti. «Sapete qualcos'altro?»

«Il maresciallo ha detto che hanno messo in disordine la casa di Guelfo».

«A *soqquadro*».

«Cosa?»

«A soqquadro, si dice, non in disordine».

«Va bene, hanno fatto quella cosa, ma non hanno trovato Rullo. Che sicuramente si è perso nei campi e con la luce del giorno avrebbe ritrovato la strada».

«Ma nessuno lo ha trovato» aggiunge Scacco.

Amélie sposta gli occhi alla finestra. «È quasi buio un'altra volta. Che fine ha fatto Rullo?»

Già, che fine ha fatto?

20.

Convincere Amélie che sarebbe stato pericoloso non è stato semplice. Non c'era verso, voleva venire a tutti i costi. Solo quando le ho assegnato il compito di avvertire i carabinieri se non ci avesse visti arrivare per mezzogiorno, e spiegato quanto fosse importante questo compito, solo allora, a malincuore, ha acconsentito.

La casa di Guelfo dorme buia. Accucciati nel campo di granoturco studiamo le mosse. Scacco si occuperà di Diablo, come non lo so, ma lui sembra tranquillo. Io cercherò di entrare in casa, come non lo so, e sono tutt'altro che tranquillo.

Il varco nella rete è ancora aperto. Scivoliamo dentro. Aggiriamo il pollaio e stiamo ben lontani dai box dei cani. Passiamo in mezzo all'orto, tra canne di pomodori e alti cespugli di cetrioli. Mi dispiace pestare tutta quest'insalata, ma la luna non è ancora sorta e con questo buio vedo a malapena la schiena di Scacco.

Sbuchiamo dietro il garage, dall'altro lato della cuccia di Diablo. Mi sporgo all'angolo con estrema cautela, come se sul lato opposto ci fosse un cecchino sul tetto. Ci metto un nanosecondo a individuare la catena sulla ghiaia chiara. Appoggiata a terra come un serpente a riposo.

«Scacco» dico allarmato. «Diablo è libero!»

Nell'oscurità noto i suoi occhi che si spalancano. Si toglie il berretto di lana. Poi sorride.

«Sacrifica la regina se sei a un passo dalla vittoria».

«Che vuoi dire, Scacco? Non ti capisco» sussurro.

Tira fuori dal cappello una polpetta. Me la mostra. Da una tasca tira fuori due pastiglie verdi, ce le ficca dentro.

«Sonniferi» dice.

«Dove li hai presi?»

«Amélie li ha rubati al nonno».

«Ottima idea. Ma quanto ci mettono a fare effetto? Diablo farà in tempo a sbranarci».

«Forse».

Il ringhio alle mie spalle dice che lo scopriremo presto prestissimo. Mi volto e i canini di Diablo in bella mostra sono a un centimetro dal mio naso. Orecchie basse, pelo ritto e zampe ben piantate a terra. Due fili di bava scendono paralleli dalla bocca.

Spalle al muro, fisso impietrito gli occhi iniettati di sangue di Diablo che si pregusta l'imminente banchetto. Scacco, con il coraggio di uno squalo e la concentrazione di un giocatore di bocce, allunga il braccio e fa rotolare la polpetta verso il cane.

Lui se ne disinteressa, e io dico addio a Rullo.

Dico che mi dispiace, che avrei voluto salutarlo di persona e chiedergli scusa per il casino in cui l'ho trascinato. In un istante penso anche alla possibilità di un paradiso in cui incontrare mamma, e che se esistesse, questo paradiso, non avrei paura di morire. L'illusione della vita eterna dura un secondo, il tempo di sentire il calore della mia pipì lungo la gamba.

«Tu vai a liberare Rullo, io sacrifico la regina» sussurra Scacco.

Con uno scatto felino si alza e comincia a correre.

Diablo disorientato rimane impalato al suo posto. Guarda lui allontanarsi veloce e me paralizzato al muro. Lui e me. Me e lui. Per dieci interminabili secondi rimane nell'indecisione più completa. Finché Scacco non si ferma, afferra un sasso da terra e glielo lancia colpendolo all'anca con la precisione di un arciere. Il sasso dissolve ogni dubbio.

Diablo parte all'inseguimento con una ferocia assassina. Vedo Scacco scomparire nel buio a gambe levate e dietro a lui, poco dopo, la belva. Osservo la polpetta a terra e penso con rammarico di non aver detto a Scacco una cosa importante al massimo: che lui è il mio secondo migliore amico.

Dopo Rullo.

21.

Alzo la grata del marciapiede e scopro con sollievo che la finestra è aperta. Mi ci intrufolo facendo attenzione a non far rumore. Scendo sulla botte e salto giù. Le scarpe si inzuppano di vino. Qui tutto è come ieri.

Tiro fuori dallo zaino la torcia e in punta di piedi esco dalla cantina facendo attenzione a non calpestare, per quanto possibile, i vetri rotti.

Prima di salire svuoto le scarpe. Ma il *ciac-ciac* mi accompagna fino in cima. Schiudo la porta e mi ritrovo nella stalla. La mucca osserva il fascio di luce con indifferenza, poi si china sulla mangiatoia e riprende a ruminare.

Perlustro tutto il piano terra, nel silenzio più assoluto. C'è un deposito per gli attrezzi e una lavanderia, ma nessuna stanza segreta. Salgo le scale con il cuore in gola. Le luci spente e il silenzio fanno pensare che Guelfo stia dormendo, ma questo non mi rassicura. Me lo immagino che ronfa avvinghiato al fucile.

La cucina è enorme, occupa metà del primo piano. Il tavolo al centro è ancora apparecchiato. Sopra la tovaglia a quadri bianchi e azzurri campeggiano un piatto colmo di ossi di pollo, un bicchiere mezzo pieno di vino rosso, un bottiglione vuoto, due torsoli marroni di mela e una distesa di molliche.

Più in là un divano di velluto logoro dorme di fronte a un vecchio televisore. Al centro della parete c'è un caminetto gigante sul quale è appesa la testa di un cinghiale imbalsamato.

Mi sposto sull'altro lato della scala. Un corridoio lungo, in fondo una porta chiusa, ai lati due aperte. La prima è del bagno, la seconda di una piccola camera da letto.

Prendo fiato ed entro. Mi avvicino a un lettino bianco con le sponde. Perfettamente rifatto. Sulla coperta azzurra, in un angolo, siede un tigrotto di peluche, a strisce arancioni e nere. Lo prendo, lo annuso, sa di polvere. Lo rimetto a posto e mi fermo a osservare la girandola di farfalle sospesa sopra al cuscino. Sfioro la federa giallognola, un po' ruvida, di un tessuto non lavato da secoli. Odora di muffa.

Di fronte c'è un fasciatoio col materassino di gomma azzurra. Mi muovo verso il comò. Apro piano un cassetto. Perfettamente allineate ci sono pile di vestiti, tutine e bavaglini. Mi piego sul cesto all'angolo e frugo tra i giocattoli di plastica e i pupazzetti di peluche. Niente di familiare. Mi alzo, sto per uscire quando lo sguardo mi cade sulla foto sul comodino. Lo stomaco si contorce tutto.

Mi avvicino, afferro tremante la cornice. Ritrae una coppia abbracciata e un neonato. Metto a fuoco l'immagine: un Guelfo con la barba corta tiene in braccio un neonato, minuscolo e avvolto da una coperta color panna. È seduto su una panchina davanti casa, dietro una carrozzina blu con le ruote con i raggi e le gomme bianche.

Sulla sua testa, appesa alla facciata, un lenzuolo con la scritta BENVENUT. La foto taglia il resto della scritta. Al suo fianco una giovane donna bionda, bellissima, dagli occhi azzurro cielo. Appoggia la testa sulla spalla di Guelfo, ma nel volto ha un'espressione seria che contrasta con il momento magico che la foto dovrebbe immortalare. La fisso con stupore, incredulo.

Poi una mano mi tocca la schiena.

Sobbalzo dalla paura e mi volto.

E quando scopro chi è, la cornice è già per terra, il vetro in mille pezzi.

Diario di Rullo
ovvero
di quando la geniale mucca Matilde mi suggerisce dove nascondermi

Venerdì

16.

Dalla salvezza all'abisso in un niente. Filo, Amélie e Scacco corrono via mentre vengo trascinato giù per la caviglia. Mi aggrappo alla finestra, ma le dita sono forbici che si aprono.

Le mani di Guelfo mi afferrano per le cosce. Cingono completamente le gambe e con uno strattone mi sbattono sulla botte e poi a terra. La maglietta si inzuppa di vino.

Lui mi appoggia lo scarpone sul petto, inchiodandomi al pavimento. Si volta verso Diablo e gli ordina di uscire, di andare a caccia dei miei complici.

Il cane lo fissa confuso.

«Vai e sterminali!» gli urla.

Purtroppo il quadrupede capisce, esce dal torpore e parte di corsa.

«A te ci penso io, moccioso» sogghigna.

Si china, stringe nel pugno la stoffa della maglietta e con un solo braccio mi tira su di peso. Avvicina la testa per fissarmi con quegli occhi color carbone. La barba mi punge il viso. L'alito puzza di aceto.

«Chi diavolo sei tu?» chiede.

«*Tu* chi diavolo sei?» rispondo con la sfrontatezza del condannato ormai prossimo alla morte che non ha più nulla da perdere.

L'ho spiazzato.

Mi fissa per un minuto buono, in silenzio. Allontana il viso dal mio per mettere meglio a fuoco.

Io non lascio trapelare alcuna paura. Faccio finta, alla grande. Filo sarebbe orgoglioso di me.

Le gambe penzolano sospese, come una bandiera senza vento.

«Mettimi giù» dico. «Mi stai soffocando».

Guelfo sorride.

Io mi gioco tutto.

Tiro indietro la gamba destra e, con quanta forza ho in corpo, lancio un calcio di punta mirando alle palle dell'avversario con la potenza di un cavallo selvaggio.

La faccia di Guelfo si fa paonazza, gli occhi si accendono di un rosso semaforo e un conato di vomito gli sale in gola. Lascia la presa e con voce strozzata mugugna *bastardo*.

Con la velocità di una lucertola sguscio dalla presa e scatto verso la porta della cantina. Lui prova a placcarmi, ma il dolore lo costringe a piegarsi.

Corro su per le scale, due alla volta. Irrompo nella stalla, dribblo la mucca e saetto verso l'uscita. Freno sul marciapiede quando scorgo Diablo. Annusa, alla ricerca di tracce. Non mi vede, ma se solo metto piede sulla ghiaia puoi giurare che me lo trovo addosso.

Da sotto sento Guelfo salire le scale lentamente, ogni scalino una bestemmia.

Il cancello è chiuso, non riuscirei a scavalcarlo. La via di fuga attraverso il giardino è impraticabile. Devo trovare un nascondiglio dentro casa.

Salire di sopra è fuori discussione, sarebbe il primo posto in cui Guelfo cercherebbe.

Ho i secondi contati e neanche uno straccio di idea.

Mi guardo intorno. La mucca alza il muso e mi osserva. Forse sto impazzendo, ma ho la netta sensazione che muova la testa per suggerirmi di nascondermi nella mangiatoia. Geniale, la mucca. E così faccio. Mi ci tuffo e arraffo quanto più fieno possibile per coprirmi. Mi rannicchio e trattengo il respiro. Il calore del fiato della mucca mi riscalda il volto, poi la sua lingua umida mi lecca la faccia. Scopro di non essere di suo gradimento, infatti si disinteressa a me per riconcentrarsi sul fieno.

Le bestemmie di Guelfo si avvicinano e poi si allontanano. Salgono al piano di sopra e poi ridiscendono. Infine vanno in giardino e colpiscono Diablo.

Colpevole di non saper fare il suo lavoro.

Solo ora respiro, mentre una stanchezza infinita mi assale.

17.

Mi sveglia la fame. E una pisciata stellare. Con terrore scopro che la mucca si è mangiata tutto il fieno. Sono scoperto e visibile come un rinoceronte in metropolitana. Dalla finestra filtra un fascio di luce tenue. Sbuco dalla mangiatoia, aggiro la mucca e salgo sulla sedia per guardare fuori. Il sole è un'arancia tonda che scende lenta dietro il monte. Ho dormito per tutto il giorno. Guelfo innaffia l'orto. Diablo gli gironzola attorno. Il cancello è sempre chiuso.

Scendo, riempio la mangiatoia di fieno e la mucca ringrazia con una sonora scorreggia, seguita da un quintale di cacca. Tanto per rimanere in tema, decido di pisciarci sopra, così non lascio tracce.

Salgo in cucina a cercare qualcosa da mettere sotto i denti.

Apro il frigorifero e arraffo quel che c'è. Un pezzo di formaggio, una mela, una zucchina ripiena. Sono tentato di strappare una coscia al pollo nel tegame sui fornelli. È ancora caldo e profuma di rosmarino e finocchio. Mi limito a rubare una patata del contorno. Squisita. Getto uno sguardo fuori dalla finestra. Guelfo arrotola il tubo. E si avvia verso casa, Diablo al suo fianco.

Di corsa scendo le scale, scavalco la mucca e mi sotterro nella mangiatoia. Sento i passi pesanti di Polifemo entrare nella stalla accompagnati dal cigolio della carriola. Dai rumori deduco che pulisce la stalla. Esce a scaricare gli escrementi.

Sento il fiutare di Diablo e il muso raspare tra il fieno. Un attimo dopo comincia ad abbaiare.

«Smettila, stupido cane!» tuona Guelfo. «Cos'hai da abbaiare?»

Diablo continua e la mucca muggisce terrorizzata, forse più di me. Strattona la catena, che si stacca dalla parete. Il gancio cade nella mangiatoia colpendomi la testa. Trattengo l'urlo di dolore.

«Basta Diablo, guarda cos'hai combinato!»

Una bastonata zittisce il cane, che si allontana mugolante. Guelfo si avvicina alla mangiatoia. Trattengo il fiato.

«Buona Matilde, non è successo niente, ora ti rilego».

Il braccio di Polifemo annaspa nel fieno alla ricerca del gancio. Vedo la mano sfiorare il mio naso, e andare a tastare il fondo della mangiatoia. Si trova a due millimetri dalla mia pancia, quando lo trova.

Aggancia la mucca, l'accarezza e poi le chiede perché non ha mangiato niente.

«Hai ancora tutto quello che ti ho dato ieri» commenta.

Per fortuna Matilde non risponde, e Guelfo se ne va.

Traffica ancora al piano terra per qualche minuto prima di salire.

A uscire da qui non ci penso proprio. Proprio per niente. Il mio cuore non reggerebbe un altro spavento.

Sabato

18.

Nel mezzo della notte un fascio di luce e dei passi felpati mi risvegliano. Faccio capolino e intravedo un'ombra sgusciare su per le scale. Esco dalla mangiatoia, aggiro Matilde e la seguo silenzioso.

Quando mi accorgo di chi si tratta, mi si apre il cuore come un melograno maturo. Se non sapessi che Guelfo dorme nella stanza accanto mi avvicinerei in punta di piedi e gli urlerei all'orecchio BUM! Farebbe un triplo salto mortale per la paura, ci puoi giurare. E giù a scompisciarsi dal ridere.

Ma Guelfo ronfa dietro quella porta e non mi sembra una buona idea svegliarlo. Così gli tocco delicatamente la schiena ma lui sobbalza uguale. La cornice gli cade dalle mani e il vetro si sbriciola in mille pezzi.

«Mi hai fatto prendere un colpo!» si lamenta.

Gli getto le braccia al collo lo stesso. Lo stringo forte, fortissimo. Lui rimane teso come un filo dei panni.

«Smettila, Rullo» mi fa. «Non sei una femminuccia».

Mi ritraggo offeso.

Lui si piega e raccoglie la cornice.

«Andiamo» dice.

«Dove?»

«Via».

«C'è Diablo fuori».

«Non c'è. Ci sta pensando Scacco».

«E come?»

«Muoviti. Te lo spiego dopo».

Lui si avvia per il corridoio.

Lo seguo.

Quando siamo sull'angolo delle scale, la porta della camera di Guelfo si spalanca.

«Ancora tu, moccioso!» tuona.

«Corri!» urlo.

Filo scende i gradini a tutta velocità e si getta sulla porta d'uscita. Prova ad aprirla ma è chiusa a chiave. «Maledizione» dice.

«Quella della stalla» suggerisco.

Scattiamo e con la coda dell'occhio scorgo Guelfo a metà scale, in mutande e canottiera bianca.

Raggiungo Filo piegato sul catenaccio. È paonazzo, tira a più non posso ma quello non si muove di un millimetro.

«La cantina» fa lui e riparte di corsa.

Lo seguo. Inciampo lungo le scale e rotolo fino all'entrata.

Filo torna indietro, mi aiuta ad alzarmi, e mi trascina fino alla botte.

«Prima tu» dice.

Salgo sulla botte e nello stesso istante il boato della porta che si chiude echeggia alle nostre spalle. Ci giriamo di scatto. Due giri di chiave dall'esterno, e Guelfo che si allontana su per le scale.

«Veloce, Rullo, sali».

Mi aggrappo allo stipite della finestra, infilo un piede in una fessura del muro, faccio perno per issarmi ma la scarpa scivola. Ci riprovo, ma invano. Filo ripete di sbrigarmi. È salito sulla botte. A un certo punto mi afferra entrambe le caviglie e le spinge. La mia pancia strofina contro la base della finestra. Basta un niente per superarla e alzarmi sotto la grata aperta.

«Vuoi una mano, moccioso?» chiede l'ombra gigantesca sopra di me. Il tono è quello di chi ti prende in giro.

«Neanche morto» rispondo.

«Peggio per te!»

Lo *sbang* della grata diventa un'eco che si propaga fino al mare. Faccio appena in tempo ad abbassare la testa per non rimanerci secco.

Guelfo spinge una pietra enorme sulla grata. Dice che ci rivediamo domattina.

«Buonanotte e sogni d'oro» conclude in una risata spettrale.

Scendo. Mi siedo di fianco a Filo. Lui fissa la foto sconsolato. Con l'indice sfiora l'immagine della donna, rischiarata dal riflesso della luna. Metto a fuoco.

«Assomiglia a...»

«È lei» mi interrompe.

«Lei?» gli strappo la cornice dalle mani e la guardo bene.

«E cosa ci fa con Guelfo?»

«Non lo so, Rullo».

«E quel bambino chi è?»

«Non lo so».
«Potresti essere tu».
«Non lo dire nemmeno per scherzo».
«Ma potresti».
«Smettila, Rullo!»
Scruto il viso di Filo. Il taglio degli occhi neri.
«Gli assomigli».
«Fanculo» sussurra.
Scende dalla botte.
«Ce l'hai con te il diario?»
Sfilo il mattone dal muro e gli mostro il nascondiglio segreto.
«Bene» fa lui. «Dobbiamo scrivere tutto. Abbiamo poco tempo».
«Scrivere cosa?»
«La verità».

19.

Ci sistemiamo sulla botte al chiarore lattiginoso della luna. Scriviamo come forsennati fino al mattino. Quando Filo mette giù la penna dico che non so come andare avanti. Che non ci capisco più niente. Che ci sono cose che non capisco. Credevo di essere qui per cercare Birillo e invece mi ritrovo imprigionato nella casa di un uomo che in una foto sorride insieme alla mamma di Filo.
«Cosa non mi hai detto?»
Filo scarabocchia il diario. Prende fiato.
«Rullo, mamma non è morta di malattia».
Due lacrime gli scendono lungo le guance, si incontrano nel mento e si tuffano insieme nel vuoto.

«Mamma si è suicidata. Ha buttato giù una scatola di psicofarmaci».

«*Psico* cosa?»

«Psicofarmaci. Delle medicine per curare la depressione. Per questo papà non ha mai voluto che andassi in ospedale. Era chiusa in mezzo ai matti».

Tira su con il naso, deglutisce.

«Quando è uscita non mangiava più, piangeva sempre. Papà si arrabbiava con lei, le diceva che doveva reagire, a volte la insultava. E io lo odiavo, papà, perché era ingiusto. Io sapevo che era malata, mi immaginavo un brutto male che se la mangiava da dentro, pezzo dopo pezzo. Pensavo che lei non avesse le forze per reagire. Così mi mettevo in mezzo, la difendevo da papà. Gli dicevo che era cattivo. Lui rispondeva che ero troppo piccolo per capire. Usciva sbattendo la porta e tornava ubriaco».

L'odore del vino, misto a muffa, mi sale su per il naso. Ho visto anch'io il papà di Filo ubriaco, ricordo che mi sono nascosto sotto il letto per la paura.

«E quando hai scoperto che tua mamma si è...» non riesco a finire la frase. È terrificante dire ad alta voce la parola *suicidio.*

«Ho trovato un biglietto nel comodino di papà».

Filo sfila dalla tasca dei calzoni un foglio di carta giallognolo, mezzo stropicciato. Me lo passa.

Lo spiego. Poche righe, scritte in blu, la calligrafia di uno che scrive in brutta, tutta storta.

Perdonami. Il rimorso è insostenibile. Vivere mi è impossibile e sarei solo fonte di infelicità per voi. Prenditi cura di Filo, è *tuo figlio. E se lo ritieni opportuno, quando sarà grande raccontagli la verità. Ti prego di perdonarmi, amore mio.*

Ripiego il foglio, lo passo a Filo.

«Quale verità?» chiedo.

Lui scuote la testa. Racconta di averlo domandato al padre.

«Papà, cos'è questo?»

«Dove lo hai trovato?»

«Nel tuo comodino».

«Chi ti ha dato il permesso di frugare tra le mie cose?»

«Non frugavo, cercavo le forbicine per tagliare le unghie».

«Nel mio comodino?»

«Sì, nel tuo comodino».

«Solo i ladri frugano nelle cose degli altri».

«Non sono un ladro».

«Sì che lo sei. Dammi quel biglietto».

«No».

«Filo, sai che se mi arrabbio sono guai seri».

«Raccontami la verità».

«Quale verità?»

«Quella che scrive mamma nel biglietto».

«Non c'è nessuna verità. Dammi il biglietto».

«Prima la verità».

«Solo i delinquenti ricattano».

«Non sto ricattando».

«Sì che lo fai, Filo. E questo non mi piace».

«E a me non piace che non mi racconti la verità».

«Non c'è nessuna verità da raccontare. Mamma stava male, aveva problemi mentali e si è uccisa. Questo è tutto».

«E il rimorso?»

«Che rimorso?»

«Il rimorso insostenibile di cui parla».

«Non ne so niente».

«Papà, sono andato a vedere sul vocabolario. Il rimorso è un coccodrillo che ti mangia le budella perché hai fatto qualcosa che non dovevi fare».

«E con questo?»

«Cosa ha fatto mamma?»

«Ha deciso di farla finita e lasciarci nella merda, ecco cosa ha fatto».

«Prima, papà, intendo *prima* di farla finita».

«Lei non ha fatto niente».

«E chi ha fatto qualcosa?»

«Nessuno. Smettila di chiedere».

«Sei stato tu? Hai fatto qualcosa tu?»

«No, Filo, io non ho fatto niente».

«Non è vero, sei un bugiardo».

«Filo, non parlare così a tuo padre».

«Sei un bugiardo. Cosa hai fatto a mamma?»

«Niente, Filo. Io non c'entro».

«In cosa non c'entri?»

«Basta con questo interrogatorio».

«Allora dimmi la verità».

«NON C'È NESSUNA VERITÀ, DAMMI QUEL BIGLIETTO!»

«Neanche morto».

«Va bene. Tienitelo pure. Io vado al bar».

«Papà, ti prego, ho bisogno di sapere. Perché mamma ha sottolineato che sono tuo figlio?»

«Filo, credimi, a volte è meglio non sapere».

Penso che il padre di Filo abbia ragione.

Meglio non sapere che ritrovarsi imprigionati nella cantina di Polifemo.

«Scacco verrà a liberarci?» domando speranzoso.

«Non contarci».
«Perché?»
«Nella migliore delle ipotesi è in cima a un albero».
«Nella peggiore?»
«Nel suo castello sulle nuvole. Per davvero, questa volta». Povero Scacco.
Filo mi racconta di quanto è stato coraggioso nell'affrontare Diablo.
«Un matto» commento.
«Un matto buono» fa lui.
Sposta lo sguardo alla finestra. Si scorgono dei batuffoli di cotone arancio in cielo.
«Cosa sai di Guelfo?»
Filo racconta che dopo lo scontro con il padre ha messo sottosopra la casa per scoprire qualcosa della madre. Ha cercato documenti, foto, diari. Senza esito. Niente della sua vita prima dell'incontro con il padre. Si erano sposati quando lui aveva quattro anni, questo già lo sapeva e si ricordava qualcosa, ma si conoscevano e vivevano insieme da un sacco di tempo, a loro dire.
«Questa foto dimostra che non è vero» fa lui battendo con l'indice la cornice appoggiata sulle gambe. «Mi è preso un colpo quando l'ho vista».
«Non ci sto capendo nulla. Siamo venuti a cercare Birillo e ci ritroviamo in una casa con la foto di tua madre. Non ti sembra una coincidenza strana?»
«Deve c'entrare qualcosa mio padre» ipotizza Filo.
Racconta che nei giorni successivi alla scomparsa erano venuti a cercare Birillo. Avevano setacciato il bosco dove il padre raccoglieva i tartufi quando era scoppiato il temporale. E anche nella valle intorno alla casa di Guelfo.
«Avete parlato con lui?» chiedo.

«No, papà diceva che era impossibile che fosse entrato. La proprietà era tutta recintata e c'era un grosso cane che non avrebbe mai fatto avvicinare Birillo. Ho pensato che avesse ragione. Birillo aveva paura degli altri cani».

«E non siete più tornati a cercarlo».

«No, papà non ha più voluto accompagnarmi. Ripeteva che Birillo sarebbe tornato a casa da solo. Che ci sono cani che percorrono migliaia di chilometri per tornare dal padrone. Di avere fiducia».

Filo deglutisce. Ripenso ai pomeriggi passati in giardino. Settimane intere nell'attesa che Birillo comparisse. Sull'altalena con il bel tempo, sotto il portico con la pioggia. Giocavamo al vocabolario per ammazzare il tempo e vincevo sempre io. Filo troppo distratto a fissare la strada.

«Papà non è venuto qui per cercare tartufi» dice.

«E per cosa?»

«Stai certo che lo scopro, Rullo, come è vero Iddio!»

«Ma tu non ci credi in Dio».

«È un modo di dire, Rullo. Un modo di dire...»

«Va bene, ma non è credibile detto da te».

«Se dico *come è giallo il sole*, va meglio?»

«Molto meglio».

«Vada per il giallo del sole, allora» conclude con un mezzo sorriso.

Mi domando se faremo in tempo a scoprire la verità prima di venire uccisi da Guelfo. Mi tengo il quesito per me.

«Qual è il tuo piano?» chiedo.

«Affrontare Guelfo, e chiedergli di mamma».

«Tu sei matto. E se scopri che quel bambino che tiene in braccio nella foto sei tu, cosa pensi che faccia? Che ti abbracci? Filo, quello ti strappa a tuo padre, ti obbliga a vivere quassù, ai lavori forzati per l'eternità».

«È un rischio che devo correre».

Idea.

«Non necessariamente» dico io.

«Cosa vuoi dire?»

«Guelfo ha visto solo me. Sa che ci sono solo io in cantina».

«Come fai a saperlo?»

«Mentre scappavamo non può averti visto, tu eri davanti a me, ed era buio. Idem alla finestra, da là sopra non poteva vedere se c'era qualcuno sotto di me».

«E anche se fosse, cosa pensi di fare?»

«Affronto io Guelfo, gli chiedo tutto ciò che vuoi sapere. Non scoprirà mai che tu esisti».

Filo si porta una mano alla fronte. Rimane in silenzio.

Quando riapre bocca, dice che va bene e mi fa l'elenco di tutte le possibili domande. Me lo fa ripetere un milione di volte finché è sicuro che lo abbia memorizzato.

Troviamo un nascondiglio a fianco della grossa botte all'angolo della cantina. Filo riesce a infilarvisi a malapena, come un gatto. Si rannicchia in fondo, spalle al muro. Lo può vedere solo chi lo cerca.

Gli dico che farò in modo di lasciare la porta della cantina aperta quando esco. Gli suggerisco di andare a nascondersi da Matilde.

«Matilde?» fa lui.

«La mucca» rispondo. «Buttati nella mangiatoia e copriti col fieno. Nessuno ti troverà lì. Neanche i carabinieri ci sono riusciti. E appena puoi scappa».

Lui fa il pollice in su.

Mentre sto per andarmene mi chiama.

«Rullo!»

Torno indietro.

«Grazie!» fa lui.

Poi aggiunge una cosa bella bellissima che mi apre il cuore a spicchi.

Sorrido felice.

Mi giro.

E vado incontro alla morte.

Maresciallo
ovvero
di quando anche una telefonata di un padre può svoltare la giornata

Lunedì

1.

In una caserma in mezzo ai monti c'è poco o niente da fare, se non ammazzare il tempo con le attività di routine. E anche una telefonata da parte di un padre che dice che suo figlio dodicenne potrebbe aggirarsi per i boschi in cerca del cane disperso può svoltare la giornata. Il padre è sereno, dice che Filo, il figlio, è un ragazzino in gamba, sa cavarsela, e che se nel giro di qualche giorno non troverà Birillo tornerà a casa da solo. In ogni caso, non si sa mai, ha preferito allertare le forze dell'ordine in modo da essere avvertito qualora si mettesse nei casini. Racconta che Filo è equipaggiato per un campo scout, significa che si accamperà da qualche parte nel bosco con la tenda e ha tutto l'occorrente per sopravvivere.

«È da solo?» domanda il maresciallo.

«È possibile che abbia coinvolto qualche amico» risponde.

Il maresciallo rassicura l'uomo che lui e i suoi uomini terranno orecchie e occhi aperti, e diffonderanno la voce tra gli abitanti. Il paese è minuscolo, ci si conosce tutti, e la più piccola novità viene rilevata e amplificata in un battibaleno.

Passa la comunicazione a Pasquali, il brigadiere che ha sostituito Marazzi, per registrare la segnalazione e raccogliere i dati.

Quindi guarda fuori dalla finestra, il sole picchia e la giornata è afosa. Ripensa a quando da bambino sognava una vita avventurosa. Si domanda che fine abbia fatto, quel bambino.

Giovedì

2.

Tre giorni dopo si hanno notizie. È Clara a informarlo, mentre lo serve al banco dei freschi.

«Sono venuti» gli fa.

«Chi?»

«Rullo e Filo, i bambini che cercano il cane».

«Allora sono in due» commenta lui.

«Io ho conosciuto solo Rullo. Voleva un camion di polpette per cani».

«Un camion?»

«Sì, ha detto proprio un camion».

Il maresciallo si fa descrivere il ragazzino.

Mentre affetta la mortadella, Clara racconta che Rullo è un tipo simpatico, fa le battute, ma si vede lontano un miglio che è un fifone.

«Gli ho chiesto a cosa gli servissero tutte quelle polpette. Mi ha risposto per dar da mangiare a un cane feroce».

«Un cane feroce? Quello che stanno cercando è un bastardino di mezza taglia» fa il maresciallo.

«Stava scherzando, evidentemente. Ho immaginato

che volesse le polpette come esca da spargere nel bosco».

Mette l'involucro con la mortadella sulla bilancia. «Un etto e venti, lascio?»

«Lasci pure» risponde lui.

Con un pennarello nero scrive il prezzo sulla carta e glielo passa.

«Altro?»

«No, grazie».

De Benedittis si dirige verso la cassa. Lei lo segue e gli fa il conto. Mentre gli passa il resto dice che, essendo le polpette troppo care, ha venduto a Rullo due grossi pacchi di biscotti per cani e gli ha regalato anche un osso di prosciutto. Le ha fatto tanta tenerezza, quel ragazzino. Si augura che lui e il suo amico riescano a trovare il cane.

Mentre il maresciallo torna in caserma, il pensiero del cane feroce è un sibilo continuo nell'orecchio che non riesce a scacciare.

Finché la chiamata della nonna di Amélie non lo sveglia nel cuore della notte da un sonno tormentato.

Venerdì

3.

«Pronto?»

«Maresciallo, sono la moglie del medico condotto, mi scusi se la chiamo a quest'ora» la voce vibra in preda all'ansia.

Il maresciallo accende l'abat-jour e guarda l'ora. Le tre e dieci del mattino.

«Come posso aiutarla?»

«Amélie è sparita!»

Lo spettro del passato ripiomba su di lui senza chiedere permesso.

Si alza su di scatto. «Come è sparita?»

«Il suo letto è vuoto. Mi sono alzata per andare in bagno e come sempre sono passata in camera sua per controllare che dormisse. Ma non c'era».

«Ci sono segni di effrazione in casa?»

«La sua finestra è aperta, con questo caldo dormiamo tutti con la finestra aperta. La porta di casa è chiusa da dentro».

«Può essere saltata dalla finestra?»

«È al primo piano. E poi dove è andata in piena notte?»

Lui rimane in silenzio. Pensa.

«È successo qualcosa ieri sera, che so, l'avete sgridata o punita per qualcosa?»

«No, maresciallo, si figuri, è la bambina più buona sulla faccia della Terra».

«Quindi non aveva alcun motivo per fuggire».

«Certo che no».

«Suo marito dorme?»

«Come un ghiro. Prende le pasticche, il mal di gambe non lo fa dormire. Lo devo svegliare?»

Lui risponde che non occorre, per il momento.

«Maresciallo, ora che mi viene in mente, qualcosa è successo, l'altro ieri però».

«Cosa?»

La nonna racconta che Amélie ha incontrato i due ragazzini che cercano il cane. Dice di aver ospitato per pranzo uno di loro, Filo. La nipote si è presa a cuore il caso e non ha fatto altro che parlarne.

«Amélie li ha incontrati anche ieri, che lei sappia?»

«Possibile. È stata in giro tutto il pomeriggio».

«Allora è probabile che sia con loro» ipotizza il maresciallo.

Le chiede di uscire in strada per vedere se ci sia una scala che qualcuno potrebbe aver appoggiato al muro per aiutarla a scendere dalla finestra.

La nonna risponde di aspettare, che va a vedere. Nei minuti di attesa il maresciallo si veste.

Dove possono essere andati?

È in questo momento che il pensiero del cane feroce gli viene in soccorso.

«Pronto, maresciallo. La scala c'è, nascosta nel vicolo».

«Bene. Questa è una buona notizia. Amélie si trova con i due ragazzini».

«Sì, ma dove saranno, in piena notte?»

Lui decide di tenere la risposta per sé, si limita a rassicurare la nonna che sarà facile trovarli. Le chiede di rimanere in casa e di avvertire se la nipote dovesse rientrare.

«Vado a cercarli» conclude, e riattacca.

Telefona al brigadiere e dice di chiamare il padre di Filo per riferirgli di venire immediatamente a riprendersi il figlio.

«Subito?»

«Certo. E cerca di rintracciare anche i genitori di Rullo».

«Conosciamo il cognome?»

«No, ma con un nome così sarà semplice trovarli».

«Agli ordini, maresciallo».

«Un'altra cosa».

«Dica».

«Qual è il cane più feroce del paese?»

«E me lo chiede? Lo sanno tutti. Quello di Guelfo Tabacci».

Come sospettava.

4.

Quando arrivano, Guelfo Tabacci li accoglie al cancello con una battuta sprezzante. «Che efficienza, maresciallo. Da quando in qua arrivate ancor prima di essere chiamati?»

«Perché? Stava per farlo?» domanda De Benedittis ad alta voce, per superare gli ululati del dobermann.

«Dei teppisti si sono introdotti nella mia proprietà».

«Possiamo entrare?»

Tabacci lega Diablo alla catena e apre il cancello.

Ispezionano tutta la casa. Dei bambini nessuna traccia, o meglio, di tracce ce ne sono a bizzeffe in cantina, ma loro sono spariti. Hanno fatto proprio un gran casino, e in cuor suo il maresciallo non nasconde un moto di gioia e di approvazione per quello che hanno combinato.

Tabacci racconta di essere stato svegliato dal caos fuori. Diablo abbaiava come un forsennato, i maiali grugnivano, le galline starnazzavano. Da principio ha pensato che fosse entrata una volpe nel recinto, così ha preso il fucile ed è uscito. Invece quando è sceso ha scoperto che tutti gli animali erano liberi: galline, conigli, maiali e anche i cani da caccia. Ci ha messo più di un'ora a far rientrare tutti gli animali nel loro box. Quando è tornato in casa ha sentito il forte odore di vino provenire dalla cantina. È sceso e l'ha trovata chiusa. I ragazzini si erano barricati dentro, probabilmente colti alla sprovvista dal suo rientro. Li ha invitati ad aprire ma loro hanno cominciato a sbeffeggiarlo. Così ha buttato giù la porta a spallate. Nel frattempo i complici hanno schiantato il lucchetto della grata esterna per liberarli. Quando è riuscito a entrare ha fatto solo in tempo a vedere sfilare l'ultimo moccioso su per la finestra.

«E quell'inetto di Diablo non si è nemmeno degnato di inseguirli» conclude.

Il maresciallo domanda se hanno rubato nulla in casa. Tabacci risponde di non aver controllato bene, ma sembra di no.

Quando escono il padre di Filo, arrivato nel frattempo, si avvicina di gran carriera. De Benedittis lo informa che hanno cercato dappertutto, ma che non hanno trovato nessun ragazzino. Lo aggiorna di tutti i danni che Filo e i suoi complici hanno fatto. Non gli elenca tutti gli articoli di legge infranti e i guai che potrebbero passare, ma questo solo per non dar soddisfazione a Guelfo Tabacci che con tono sprezzante sbeffeggia il pover'uomo sull'educazione del figlio.

Nel battibecco che segue viene fuori che Guelfo ha parlato con Rullo, l'amico di Filo, quello che è andato in drogheria da Clara.

Nel frattempo la discussione tra loro sta degenerando.

«Smettetela» ordina il maresciallo. «Discuterete in seguito. Ora la priorità è trovare i bambini, non devono essere lontani».

Dice a Pasquali di chiamare i rinforzi e chiede al padre di Filo se conosce Rullo.

Lui lo prende in disparte e gli parla a lungo, sottovoce, appoggiato al trattore.

Alla fine del racconto De Benedittis appoggia una

mano sulla spalla dell'uomo, la stringe e lo invita a tornare a casa.

Lui rifiuta, vuole rimanere.

Prima di partire il maresciallo torna da Guelfo Tabacci. Lo avverte che se torce anche un solo capello a uno dei bambini, lo sbatte in galera e butta via la chiave.

Lui risponde con l'arroganza di sempre, facendogli saltare i nervi come nessuno al mondo.

Dio dammi la pazienza, pensa il maresciallo, perché se mi dai la forza faccio una strage.

5.

La nonna dice che Amélie è rientrata poco dopo le sei, dalla finestra. Si è infilata subito nel letto e, quando lei è andata a controllare, la nipote ha fatto finta di dormire. È uscita per scoprire il complice, ma la scala era sparita.

«Bambini scomparsi, la sua specialità» commenta ironico il nonno. È seduto sulla sedia a rotelle, al tavolo, e fa colazione.

«Vecchi rancori?» domanda il maresciallo.

«Lasciamo perdere» fa lui, muovendo un braccio in aria come se volesse scacciare una mosca.

Al medico non è proprio andata giù l'accusa di essere complice di Guelfo. L'aveva interrogato più volte, nei giorni successivi alla denuncia della scomparsa di Tommaso, per cogliere qualche contraddizione. Aveva spulciato nei minimi dettagli l'episodio in cui il medico diceva di aver visto il bambino, e alcuni elementi non quadravano con la versione di Tabacci. Poca roba, non abbastanza per incriminarlo.

De Benedittis chiede alla nonna di andare a svegliare Amélie perché vorrebbe porle alcune domande.

Mentre attende, un silenzio di tomba cala in cucina. Si sente solo la masticazione del medico. La malattia lo sta consumando lentamente. Il viso sembra uvetta, lo fa sembrare un centenario.

«Apprezzo il suo zelo» rompe il silenzio.

«Come?» chiede il maresciallo, perplesso.

«Avrei fatto altrettanto» il medico solleva lo sguardo e lo fissa. «Non aveva tutti i torti a sospettare di me».

«Cosa intende?»

Il vecchio afferra la tazza e sorseggia il caffelatte. Quando l'appoggia, fa un lungo sospiro. «Niente».

«E, no» sbotta il maresciallo. «Se sa qualcosa me lo dica. Se sono rimasto in questo paesino in culo al mondo è a causa di quel bambino. Me lo sogno anche di notte. Finché giustizia non verrà fatta, non avrò pace».

«Guelfo ha pagato abbastanza, mi creda».

«Qualche mese di carcere per aggressione a pubblico ufficiale?»

«Anche troppo per un innocente. La peggior condanna non è la prigione, ma la propria coscienza».

«Mi dica cosa sa».

Lui lo fissa per un tempo interminabile. Poi scuote la testa. «Niente».

De Benedittis sbatte una mano sul tavolo e gli punta l'indice davanti alla faccia. Dice che non gli crede, e che non se la può cavare così. Dice che anche la sua coscienza lo tormenterà finché non saprà la verità.

Il vecchio rimane imperturbabile. «Può far tacere la sua coscienza, Guelfo è innocente».

«Riaprirò il caso».

«Su quali prove?» chiede lui.

«Sulle sue parole».

«Quali? Io non le ho detto niente. Ci sono testimoni?»

Il maresciallo si guarda intorno, quasi sperasse nella presenza di qualcuno.

Quindi si siede. «Complimenti, è stato bravo» dice con un sorriso sprezzante. «Dicendomi questo, lei la sua coscienza se l'è lavata».

«Non avevo niente da lavare» ribatte il vecchio.

«Occultare la verità alla legge è reato».

«La morale e la legge non sempre vanno d'accordo» fa lui. «Io ruberei a un ricco per sfamare un povero disgraziato».

Sentono dei passi per le scale. Amélie e la nonna scendono.

«Amélie, saluta il maresciallo».

«Buongiorno, maresciallo».

La bambina indossa un pigiama di cotone bianco al contrario.

«Dovevi avere fretta, quando hai messo il pigiamino» le dice De Benedittis con tono bonario.

La bambina guarda il pigiama e spalanca gli occhi. Alza le spalle. «Ops, non mi sono accorta».

«Hai dormito bene?»

«Come un ghiro» fa lei.

«Non ti sei mai alzata, neanche per fare pipì?»

«No».

La nonna interviene. Raccomanda Amélie di dire la verità.

Il maresciallo fa un cenno alla nonna, per dire non importa, sentiamo cosa ha da dirci.

Amélie tira su con il naso. Due lacrime le scendono piano lungo le guance. Lei le asciuga prontamente con la manica del pigiama.

«Avete trovato Birillo?» chiede il maresciallo.

Amélie alza lo sguardo stupita. Gli occhioni verdi lo fissano.

Scuote la testa.

«Puoi raccontarmi cos'è successo?»

«No. L'ho promesso a Filo. Le promesse si mantengono sempre».

Lui ripensa al segreto su Tommaso e alla promessa fatta ad Adele.

«Vero, nonno?» Amélie quasi implora.

Il vecchio annuisce.

«Ma esistono le eccezioni» interviene la moglie.

Amélie guarda primo l'uno poi l'altra. Si morde il labbro.

«Diglielo!» fa la nonna rivolta al marito.

«Una promessa è una promessa» risponde lui.

«Forse avrei dovuto farlo prima, ma se non convinci tua nipote a parlare, giuro che chiamo l'avvocato per chiedere il divorzio».

Il vecchio sorride. «Messa così, è un incentivo a non farla parlare».

«Vai a quel paese!» risponde lei stizzita. Sparecchia la tavola in modo maldestro e si allontana in cucina. Sbatte le stoviglie e borbotta vituperi.

Il nonno invita Amélie ad avvicinarsi, le cinge la vita e le dice che la parola data è sacra, e che è orgoglioso di lei. Che potrebbe però rispondere alle mie domande senza rivelare nulla di quello che ha promesso di non rivelare.

«D'accordo?»

Lei fa di sì con la testa.

Il maresciallo racconta ad Amélie quello che sa della loro scorribanda notturna, di quello che hanno combinato, spiega che hanno fatto qualcosa di illegale ma che è disposto a chiudere un occhio, è importante che tutti stiano bene.

«Filo è al sicuro e sta bene» lo interrompe la bambina.

«Sai dove si trova?»

«Sì, ma non posso dire dove».

«Posso rassicurare il padre che è sano e salvo?»

«Sì, lui sì. I genitori di Rullo no. Non sappiamo dove si trova».

Le mani di Amélie tremano. È combattuta se rivelare qualcos'altro. Il maresciallo rimane in silenzio.

«Quando siamo scappati» riprende la bambina, «non ci siamo accorti che lui non era dietro di noi. Filo è convinto che Guelfo lo abbia acchiappato e lo abbia rinchiuso da qualche parte».

De Benedittis rassicura Amélie, le dice di aver cercato lui stesso in casa di Guelfo, di averla messa a soqquadro e di non averlo trovato.

«Si sarà perso nei campi, con la luce del giorno ritroverà la strada» conclude.

«Speriamo» fa lei. Poi si porta una mano davanti alla bocca. «Se Filo scopre che le ho raccontato queste cose non sarà più amico mio».

«Non lo scoprirà. E tu non dovrai dirglielo».

«E cosa gli dico? Non posso mentire».

«Digli che il padre è molto preoccupato».

«Filo dice che al padre non gliene frega niente di lui e che lo punirà a vita quando scoprirà cosa ha fatto».

«Non è così, Amélie, credimi. Il padre gli vuole bene. Tu puoi convincerlo, e dirgli di smettere di nascondersi».

«Lo farà solo quando ritroverà Rullo e Birillo».

«Lo aiuteremo noi a cercarli. Muoveremo anche l'esercito».

«Davvero?»

Il maresciallo annuisce e sorride.

«Non vuoi proprio rivelarmi dove si nasconde?» domanda.

Lei scuote la testa decisa.

«Va bene, Amélie. Come preferisci».

Scrive il suo numero di telefono e le passa il foglietto. «Per qualsiasi evenienza».

«Evenienza?»

«Bisogno. Per qualsiasi bisogno, chiamami. Ora vai».

La bambina corre e sparisce su per le scale.

Il maresciallo dice ai nonni che manderà un collega per seguire i movimenti della bambina. Di lasciarla uscire, che li porterà dritti da Filo.

6.

Nel primo pomeriggio Scacco si presenta in caserma per avvertire di aver visto i ragazzini, zaini in spalla, nel sentiero verso valle. Sapeva che li stavano cercando.

«Chi te l'ha detto?» domanda De Benedittis.

«Un uccellino» risponde, e visto che è mezzo matto il maresciallo non insiste. D'altronde la notizia è sulla bocca di tutti.

«Ci hai parlato?»

«No, erano lontani».

«Puoi accompagnarmi nel punto in cui li hai visti?»

«Come un alfiere».

De Benedittis chiama il collega del nucleo cinofilo e partono a piedi, escono dal paese e si addentrano nel bosco.

«Li conoscevi?»

Scacco risponde di averli conosciuti giovedì sulla panchina in piazza e di avergli mostrato anche la sua torre al di là delle nuvole.

Il maresciallo gli domanda di Rullo. «Che tipo è?»

«Timido, ma quando prende confidenza non la smette più di parlare. Perché la timidezza è solo uno scudo apparente di paura tra sé e lo sconosciuto, e che quando lo sconosciuto diventa conosciuto e abbatti lo scudo allora il timido mostra anche l'anima perché rimane senza difese. E quel che posso dire, rispetto a Rullo, è che la sua anima è grande come una balena». Per tutto il tragitto parla a rotta di collo dei suoi deliri pseudo filosofici.

Quando si rende conto di essersi perso nei suoi pensieri, il maresciallo inizia a nutrire seri dubbi sull'attendibilità di quella testimonianza, finché il pastore tedesco non abbaia.

Scacco indica un punto davanti nel bosco. «Erano là che scendevano».

Raggiunto il sentiero, il cane non punta verso valle come ha testimoniato Scacco, ma verso monte, e li guida fino a un piccolo slargo riparato tra due pareti di roccia. Si nota l'erba schiacciata, un cerchio di pietre per il fuoco. Al suo interno, cenere fredda.

«Erano accampati qui?» domanda Scacco.

«Penso di sì» risponde il maresciallo.

Nel frattempo il pastore tedesco comincia a tirare come un forsennato il guinzaglio verso valle, dal sentiero da cui erano arrivati.

«La traccia è fresca» dice il carabiniere.

«La segua».

Il maresciallo osserva il collega e il cane allontanarsi verso valle fino a quando sono spariti alla vista.

«Li troveranno presto» afferma, con un grosso sospiro di sollievo.

Si volta per ringraziare Scacco. Ma lui è sparito.

7.

Verso sera l'uomo messo a guardia di Amélie riferisce a De Benedittis che la bambina è uscita di casa poco prima del tramonto. Ha passeggiato con Scacco e sono entrati nella drogheria di Clara, dove ha acquistato un panino al salame, una bottiglietta d'acqua e delle polpette di carne. Prima di pagare hanno chiesto del bagno e sono fuggiti dalla finestra sul retro.

Il carabiniere glielo riferisce con un'espressione da cane bastonato, inconcepibile farsi fregare da una bambina e da un matto, forse farebbe bene a cambiare mestiere.

E non sei l'unico, pensa il maresciallo.

Per fortuna Amélie rientra a casa all'ora di cena. È la nonna ad avvertire il maresciallo. «Ora dorme placidamente, chiusa a chiave nella camera che dà sulle mura. Da lì nessuno la può liberare» dice al telefono.

«Le ha riferito della fuga dalla drogheria?»

«Sì. Amélie ha detto di aver avuto paura dell'uomo che la seguiva, pensava volesse farle del male».

«Capisco. A questo punto può dire ad Amélie la verità. I bambini stanno tornando a casa. La ringrazio per la collaborazione».

«Si figuri, maresciallo, tutto bene quel che finisce bene».

«Può dirlo forte» ribatte De Benedittis.

È talmente sicuro che fa interrompere le ricerche, poi chiama il padre di Filo e lo convince a tornare a casa. Insomma, Amélie ha assicurato che suo figlio sta bene, Scacco ha visto i ragazzini scendere a valle e il cane ne ha seguito le tracce fino al guado del fiume. Filo e Rullo stanno tornando da dove sono venuti. Inseparabili come all'andata.

E alla fine, per festeggiare, il maresciallo si stappa una bottiglia di prosecco.

Sabato

8.

De Benedittis ha ancora un leggero mal di testa per quello che ha bevuto, quando arriva la chiamata di Amélie.

«Parlo con il maresciallo De Benedittis?»

«Sì, sono io».

«Venga subito. Abbiamo catturato Guelfo Tabacci!» Amélie strilla concitata.

«Cosa?»

«Filo lo tiene sotto tiro...»

«Sotto tiro?»

«Con il fucile».

Il pensiero del bambino con un'arma puntata contro quell'energumeno gli fa scorrere un brivido freddo lungo la schiena.

«Dove siete?»

«A casa di Guelfo».

«Arrivo».

«Di corsa» prega Amélie. «Guelfo è un gran bugiardo, sta nascondendo Rullo da qualche parte. Voleva uccidermi!»

Cade la linea. Il maresciallo prova a richiamare, ma trova il segnale di occupato.

Lo stomaco gli si accartoccia come un pacchetto di patatine. Ordina a Pasquali di chiamare il padre di Filo, di farlo venire immediatamente a riprendersi il figlio prima che combini altri guai.

Sempre che non sia troppo tardi, pensa.

Sale in macchina con il brigadiere e per la prima volta nella sua carriera partono come nei film polizieschi.

Sgommando e a sirene spiegate.

Diario di Filo
ovvero
di quando papà dice che non ha intenzione di lasciarmi solo, non più

Sabato

22.

«Abbiamo cercato ovunque. Non abbiamo trovato nessun bambino. Abbiamo messo a soqquadro tutta la proprietà. Non ce n'è alcuna traccia».

«La ringrazio, maresciallo».

«Non è possibile» dico disperato. «Avete guardato nella mangiatoia?»

Il maresciallo si rivolge al brigadiere. «Ci hai guardato?»

«Sì, nessun bambino».

«Avete tolto il fieno?»

«Lo abbiamo tolto».

«Rullo è là dentro, papà. Era con me. Amélie, ti prego, diglielo tu!»

«Cosa gli devo dire?» fa lei con gli occhi bassi, mentre con il sandalo disegna un cerchio sulla ghiaia.

«Che Rullo è nascosto là dentro!»

«Rullo è nascosto là dentro» dice lei.

«E l'hai visto?» le chiede mio padre.

«No».

Papà si piega sulle ginocchia. Mi prende le mani e mi guarda con occhi tristi.

«Questa storia deve finire, Filo. Rullo non è là dentro, altrimenti lo avrebbero trovato».

«Guelfo lo ha ammazzato, lo ha fatto a pezzetti e buttato nel pozzo!»

«Hanno cercato anche nel pozzo, non c'è niente».

«E allora dov'è?»

«Lo ritroveranno presto. Sarà fuggito nei boschi».

«Lui ha paura di stare solo, morirà».

«Non morirà. È un bambino intelligente, se la sa cavare».

«Non senza di me».

«Ce la farà. Adesso è rintanato da qualche parte, ma verrà fuori presto. È in gamba Rullo».

«Lo pensi davvero?»

«Già».

«Ma a te non piaceva. Volevi che sparisse dalla mia vita».

«Ho sbagliato, Filo. Pensavo ti portasse su una cattiva strada. Non avevo idea di quanto fosse importante per te».

«Io non posso vivere senza Rullo».

«Non ci vivrai. Rullo tornerà. Comparirà dal nulla quando meno te l'aspetti, vedrai. Magari sta ridiscendendo il fiume per tornare a casa. Noi stiamo qui a preoccuparci mentre lui sta benissimo».

Tiro su con il naso. Mi stropiccio gli occhi.

«Voglio ridiscendere il fiume e andarlo a cercare».

«Ti prego, Filo. Ascoltami. Ora noi ce ne andiamo a casa e dimentichiamo questa brutta faccenda. Rullo torna da solo».

«Voglio ridiscendere il fiume» ripeto.

Papà sospira, sposta lo sguardo in alto. Segue una rondine che plana sul nido sotto il tetto del garage. «Va bene, ma a una condizione».

«Quale?»

«Vengo con te».

«Rullo ha paura di te» protesto. «Si nasconderà».

Dice che faremo così, che io camminerò avanti e lui dietro, a distanza, per non farsi vedere. Dice prendere o lasciare perché lui non ha intenzione di lasciarmi solo, non più.

E io prendo.

23.

Guelfo è seduto sulla panchina. Mi fissa. Il maresciallo si avvicina e gli dice qualcosa.

«Sparisca» risponde secco.

Il carabiniere si sposta verso di noi e allunga la mano che mio padre prontamente stringe.

«Sono contento che tutto si sia risolto per il meglio» fa lui.

Papà ringrazia. Io protesto. Un fico secco che si è risolto per il meglio. Dovete trovare Rullo.

«Lo troveremo» mi promette bonario. Mi accarezza il capo e si allontana verso la macchina. Prima di salire ci chiede se abbiamo bisogno di altro.

«No grazie» risponde mio padre. «Lascerò l'auto in paese e verrò a riprenderla nei prossimi giorni. Noi torniamo a piedi».

Il maresciallo allora chiama Amélie. «Dai, sali. Ti riporto dai nonni».

Lei sventola la mano verso di me. Apre la portiera posteriore e si infila dentro.

Il brigadiere accende il motore e parte. Una leggera sgommata alza una nuvoletta di polvere.

«ASPETTA!» urlo. Scatto di corsa dietro la macchina, ma quella si immette sulla strada. Corro a più non posso, oltrepasso il cancello, sbraccio e urlo, urlo e sbraccio. Solo a metà salita Amélie si gira, mi vede, e ordina al guidatore di fermarsi.

Raggiungo ansimante il finestrino di Amélie. Lei lo abbassa.

«Ciao» mi fa, come se non ci vedessimo da secoli.

Prendo fiato.

«Amélie, sei stata coraggiosa» dico.

Si morde il labbro. Alza gli occhi. «Anche tu!» risponde.

Sorrido. «Ma tu di più» dico, e lo penso davvero.

«No, di più te».

«No, più te».

«Più te».

«Più te».

«La smettete voi due?» interviene il maresciallo con un tono dolce. «Siete stati entrambi incoscienti, altro che coraggiosi».

«Incoscienti è più che coraggiosi?» chiede Amélie.

«Molto di più» anticipo il maresciallo. «Un trilione di volte di più!»

Le labbra di Amélie si stirano per scoprire un sorriso stellare.

«Forte» dice.

«Già» faccio io.

Il brigadiere ingrana la prima.

Osservo l'auto allontanarsi in una nuvola bianca di polvere.

Amélie sbraccia con la testa fuori dal finestrino. I riccioli biondi le si schiacciano sulla nuca e coprono parte del viso.

«Stai tranquillo» urla. «Rullo e Birillo sono vivi. Vivi e felici! Li troveranno. Lo sento».

Spero che Amélie abbia ragione.

Lo spero per come è giallo il sole.

24.

Amélie è una tipa tosta, tosta tostissima.

Non ha pensato di entrare di nascosto, per niente proprio. Ha suonato il campanello ripetutamente per minuti interi, e quando Guelfo è comparso gli ha detto semplicemente sto cercando Filo.

«Hai sbagliato posto, piccola».

«So che è qui» Amélie punta i piedi. «Non me ne vado senza di lui».

«Io scommetto di sì» risponde Guelfo con un ghigno chiudendo di peso il cancello.

Amélie si catapulta dentro, rotolando nella ghiaia. Per poco non rimane schiacciata.

Si alza in piedi, sbatte le mani sul vestito rosso e si avvia di gran carriera verso casa. Passo da soldato, i sandali che sbattono forte a terra, come in una marcia trionfale.

Polifemo ci rimane di sasso. «Fermati».

Ma lei niente.

Lui bestemmia, quindi la insegue e l'afferra per un braccio sulla soglia della stalla.

«Non mi toccare, maiale, o chiamo i carabinieri».

Guelfo le prende anche l'altro braccio, la tira su di peso e la mette sulla panchina. Amélie sgrana gli occhi con sfida.

«Se mi fai del male, ti uccido» dice.

Guelfo scoppia a ridere. Un ridere di pancia, da scompisciarsi. Molla la presa per battersi le cosce.

«Guarda che sono seria» fa lei.

E Guelfo giù a ridere di brutto.

Amélie incrocia le braccia e fa il broncio.

«Perché nessuno mi crede mai?»

Guelfo finisce di ridere e si siede al suo fianco. Il gorilla e l'anatroccolo.

«Allora, serial killer, chi cercavi?»

«Serial che?»

«Killer».

«Cosa vuol dire?»

«Che sei pericolosa».

«Pericolosissima» ci tiene a precisare Amélie.

Guelfo si asciuga il sudore della fronte. «Fa caldo qua fuori. Il sole picchia. Andiamo dentro».

No, dentro no, vorrei urlare. Così però annullerei l'effetto sorpresa. Rimango disteso sotto il trattore, in ombra.

«Di qui non mi muovo finché non mi dici dov'è Filo» fa lei.

«Quindi anche tu fai parte di quella banda di teppisti che ha fatto tutto quel casino nel pollaio. Così piccola e già criminale».

«Criminale sarai tu che volevi uccidere dei bambini».

«Io non volevo uccidere nessuno. Volevo solo dargli una bella lezione!»

«Bella? Li hai fatti morire di paura».

«Almeno non lo rifanno più».

«Cercavano solo Birillo».

«Non è un buon motivo per entrare di nascosto in una proprietà privata e fare tutto quel casino. Glielo avevo già detto a quel moccioso che non avevo visto nessun cane».

«Glielo avevi descritto» protesta Amélie.
«Ma chi sei tu, Sherlock Holmes?»
«Non mi chiamo Scierlocco».
Guelfo sbuffa.
«Mi state facendo perdere tempo. Tu e tutta la tua combriccola. Devi andartene».
«Prima mi dici dove hai rinchiuso Filo».
«Oh, porco boia...»
«Non si dicono le parolacce».
«Sì, che si dicono, eccome. Voglio essere lasciato in pace. Non so chi sia questo Filo. Io ho visto solo un certo Rullo, e ti assicuro che è sparito nel nulla. Un attimo prima era seduto in cucina, un attimo dopo non c'era più. Come Diablo, il mio cane. Che fine ha fatto? Ne sai qualcosa? Lo avete avvelenato?»
Da qua sotto riesco a vedere il punto in cui Scacco gli ha lanciato la polpetta. È ancora lì, seccata dal sole.
«No, che non lo abbiamo avvelenato. Non siamo degli assassini».
Guelfo appoggia le mani sulle ginocchia e si tira su.
«Non so dove siano i tuoi amichetti, e nemmeno quel loro cane pidocchioso. Sono stanco di tutti voi. Lasciatemi in pace. Quindi devi andartene, con le tue gambe».
«Non me ne vado».
«Non mi lasci alternativa».
«*Alter* che?»
«Alternativa, piccola».
Guelfo si piega su Amélie e la tira su di peso.
Amélie scalcia. Urla di lasciarla. Lancia pugni nell'aria, a vuoto.
Il gigante se la infila sotto il braccio e si avvia a passi pesanti verso il cancello.
«Mettimi giù, mi fai male!» grida Amélie.

Sbuco fuori dal trattore, imbraccio il fucile e lo punto sulla schiena di Guelfo.

«Fermo!» ordino. «Mettila giù!»

Lui si volta lentamente.

«Filo!» Amélie grida sorpresa, mentre le lacrime le rigano le guance.

«E tu da dove salti fuori?» fa Guelfo.

«Mettila giù!» ripeto, e alzo la canna del fucile all'altezza del suo petto.

«Moccioso, ci si può far male con quel coso».

«*Ti* puoi far male» preciso.

«Potresti sbagliare mira e colpire la tua amichetta. Non vorrai ucciderla» fa lui seducente, mentre prova a fare un passo verso di me.

«Stai lontano!»

«Dai, spara, moccioso, vediamo sei ne hai il coraggio!»

Io, il coraggio di sparare, non ce l'ho. Guelfo lo fiuta e si avvicina. Amélie piagnucola, immobile. Io indietreggio, sbatto il tallone contro il marciapiede, incespico. Il fucile mi scivola di mano. Pesa una tonnellata. Faccio per afferrarlo in modo scomposto e spingo accidentalmente il grilletto. Un boato squarcia la vallata. Il rinculo dello scoppio mi getta a terra. Sbatto le chiappe ma tengo stretto il fucile. Lo stomaco mi diventa duro come ferro.

Guelfo è impietrito. Appoggia Amélie a terra e si tocca il petto. La mano gigante tasta tutto il torace, la pancia, le spalle. Guarda il palmo e sospira.

«Tu sei matto da legare» dice.

«Può darsi» faccio io. Mi tiro su e gli punto la canna. Amélie si sposta alle mie spalle.

«Ascolta, moccioso. Ora tu posi quel fucile e io non ti farò niente. Uscite entrambi da quel cancello e sparite. Vi prometto che non vi denuncio, né per tentato omicidio, perché di questo si tratta, né per violazione di proprietà privata, né per aver avvelenato quel buonannulla di Diablo che, detto tra noi, mi avete pure fatto un favore».

«Tu libera Rullo e noi andiamo» fa Amélie che si è spostata dietro di me.

Guelfo mi fissa, poi scuote la testa.

«È già libero, piccola».

Amélie mi domanda sottovoce se è vero. Sussurro che non lo so, che l'ultima volta che l'ho visto era chiuso nella cantina con me. Dico che mi ha fatto nascondere dietro una botte e lui ha chiamato Guelfo. Poi è salito con lui. Appena ho potuto sono sbucato dal nascondiglio, ho preso il fucile e mi sono venuto a rintanare sotto il trattore. In attesa che uscisse Rullo. Se non fosse successo sarei rientrato a liberarlo.

«Perciò sta dicendo una bugia» fa Amélie.

«Cosa avete da confabulare voi due?» ci interrompe Guelfo.

«Zitto tu!» comando.

«Zitto lo dici a tuo padre, moccioso».

Amélie mi suggerisce di chiamare i carabinieri.

«Ottima idea!» fa Guelfo. «Almeno la chiudiamo con tutta questa storia».

«Siediti là» indico la panchina.

Lui stranamente esegue. Appoggia la nuca alla parete e chiude gli occhi. Sembra stanco stanchissimo.

«Sai il numero?» domando.

«Certo» risponde Amélie.

«Il telefono è di sopra» sospira Guelfo.

Non faccio in tempo a dire niente che lei è già in cima alle scale.

Torna sorridente. Dice che arrivano a sirene spiegate. Mi invita ad appoggiare il fucile.

«Non serve più».

«Non ci giurerei» fa Guelfo.

Un sorriso sornione fa capolino da sotto la barba. Rimaniamo sull'attenti.

Finché il suono delle sirene non echeggia nella valle.

25.

Pretendo di partire subito. Papà dice va bene, partiamo subito. Recuperiamo la tenda e tutto il resto all'officina e ci incamminiamo. Io davanti, lui dietro. Ogni tanto ci fermiamo per riposare. Lui si avvicina silenzioso, si siede al mio fianco, lo lascio fare.

Al tramonto ci accampiamo in uno spiazzo a ridosso del fiume. Accendiamo un falò e mangiamo in silenzio fagioli e cracker sulla riva ghiaiosa.

Dopo cena papà rompe il silenzio.

«Posso vedere la tua caviglia?» domanda. «Hai zoppicato tutto il tempo».

L'allungo, osserva il gonfiore e il livido alla luce del fuoco.

«Non è niente, una storta» dico.

«Sicuro? Sembra una botta».

«Da quando in qua sei medico?» ribatto mentre d'impulso ritraggo la gamba.

Lui mi scruta.

Dice di essere stato in pena. Che se mi fosse successo qualcosa non se lo sarebbe perdonato.

«Chi ti ha detto che ero quassù?»

«Sebastian. Mi ha chiamato il giorno stesso per dirmi che non eri andato al campo scout».

«E come facevi a sapere che ero venuto a cercare Birillo?»

«E dove altro potevi andare?» fa lui. «Ho pensato che fosse giusto quello che facevi e ho deciso di lasciarti fare. Ho solo avvertito i carabinieri della tua presenza».

«E l'altro ieri notte ti hanno chiamato?»

«Mi è preso un infarto. Venga su immediatamente, ha detto il brigadiere, prima che suo figlio si metta nei guai. Per non parlare di questa mattina».

«Scusa, non volevo farti preoccupare» dico.

«Non devi scusarti, Filo. È tutta colpa mia».

«Tutta colpa tua?»

«Già, tutta colpa mia».

Afferra un sasso piatto e lo lancia nel fiume. La luna illumina la pietra bianca che rimbalza cinque volte sull'acqua scura prima di essere risucchiata.

«Se vuoi te lo insegno» propone lui.

«No» taglio corto.

«Non è difficile».

«Ho detto di no».

Papà tira fuori dalla tasca della camicia il pacchetto di sigarette. Ne accende una ed espira il fumo verso il cielo.

«Mi dispiace per Birillo».

Fisso silenzioso le canne sulla riva opposta. Il vento le fa ondeggiare come ciglia giganti.

«Dico sul serio» insiste.

«Lo sapevi che Birillo aveva paura dei temporali» lo rimprovero.

«Non è andata così».

«Cosa?» strabuzzo gli occhi. «Che vuoi dire?»

«Non è scappato per il temporale».

Fa un lungo tiro di sigaretta. Si volta verso di me, mi fissa con uno sguardo triste.

«Amavo tua mamma più di me stesso».
«Cosa c'entra con Birillo?» lo interrompo.
«C'entra, c'entra» fa lui.
Lo lascio continuare.
«Quando hai trovato il biglietto, mi hai chiesto di raccontarti la verità, giusto?»
Annuisco.
«La vuoi ancora sapere?»
Non ne sono più tanto sicuro.
Lui interpreta il mio silenzio come un sì.
«Quel giorno con Birillo non sono andato a tartufi. Sono andato a casa di Guelfo».
«Perché?»
«Perché se tua mamma si è uccisa è colpa di Guelfo».
L'affermazione mi secca la bocca. Afferro un sasso e lo stringo forte nel pugno.
Papà spegne la sigaretta e la lancia nel fiume.
«Inquina» dico.
Lui ignora il rimprovero e continua.
«Filo, mamma era sposata con Guelfo quando l'ho conosciuta».
«Lo so» rispondo. Sfilo dalla tasca la cornice. «Ho trovato questa».
Lui la prende, la osserva e con l'indice accarezza il viso di mamma.
«Ma non era innamorata di lui».
«Come fai a saperlo?»
«Me l'ha detto lei. Adele è cresciuta in una famiglia senza amore. I tuoi nonni erano persone aride, litigavano sempre. Guelfo è stata l'occasione per fuggire dalla sua famiglia. Lui era molto innamorato, e tua madre era convinta che con il tempo, nonostante la grande differenza di età, si sarebbe innamorata anche lei».

«E non è successo».

«No. Si è innamorata di me».

Papà si accende un'altra sigaretta.

«Fumi troppo» dico.

«Hai ragione, ti prometto che smetto» fa lui.

«Non promettere. L'hai fatto mille volte».

«Questa volta è vero».

Tira un'altra boccata, quindi la spegne.

Spezzetta il tabacco nel fiume. Fa lo stesso con tutte le altre sigarette. Raccoglie i filtri, li mette nel pacchetto, lo appallottola e me lo mostra.

«Appena troviamo un bidone della spazzatura lo buttiamo».

Sorrido.

Anche lui.

Due anatre escono dal canneto e si tuffano nel fiume. Si lasciano trasportare dalla corrente. Lasciano una scia argentea che si allarga a V dietro di loro.

«Sai come ho incontrato tua madre?» chiede.

«In officina».

«Già. Era imbufalita. Indossava un vestito di cotone bianco, molto elegante, e dei sandali con le fibbie piccole di un nero lucido. Intorno al collo aveva un foulard di seta a fiori rosa. Non la dimenticherò mai. Sbraitava come un'ossessa contro la macchina, diceva che aveva mille cose da fare, che il motore aveva cominciato a singhiozzare ed era già tanto che l'avesse portata fin lì, doveva avvertire il capo del suo ritardo».

«*Cos'hai da ridere?* ti ha detto».

«Ti ha raccontato il nostro primo incontro?» fa papà sorpreso.

«Diceva che te ne stavi in piedi impalato a bocca spalancata come se ti fosse comparsa la Madonna».

«Vero».

«E che per presentarti le hai allungato la mano tutta sporca di grasso».

«Verissimo. Lei ha ritratto la sua inorridita. *Se la pulisca, almeno,* mi ha detto».

«E tu te la sei strofinata sulla tuta da lavoro».

Papà sorride. I suoi occhi puntano lontano.

«E lei, matta com'era, me l'ha stretta».

«Lei non era matta. Era solo gentile».

«Può darsi, Filo. Ma se non me l'avesse stretta, non l'avrei accompagnata in bagno per lavarsi le mani, e non si sarebbe creata quella confidenza che poi ci ha fatto innamorare».

«Vi siete innamorati in bagno?»

«Io di lei, sì» tre linee parallele gli arricciano la fronte. «No, sbaglio. In bagno ero già perdutamente innamorato».

«Un colpo di fulmine».

«Ben detto, Filo. Tu lo hai mai avuto?»

I fulmini mi fanno pensare ai temporali, e i temporali alla scomparsa di Birillo. Mi investe una tristezza pesante come un vagone pieno di piombo. Prendo un sasso e lo getto nel fiume. Fa *plof.*

«Birillo è morto?» chiedo.

Papà ignora la domanda. Si volta verso le montagne. Mette a fuoco la luna calante sulla cima.

«Ero pazzo di Adele» dice. «Quando è venuta a riprendere la macchina le ho chiesto di uscire, ma lei ha rifiutato mostrandomi la fede al dito».

«E tu che hai fatto?» lo incalzo.

«Avevo il suo indirizzo, sono andato a casa sua».

«Davvero? Non avevi paura di Guelfo?»

«Se mi avesse aperto avrei detto di essere un testimone di Geova».

Sorrido. Non ce lo vedo proprio papà a parlare di Dio.

«Comunque è stata tua mamma ad aprirmi» continua. «Cosa ci fai qui? mi ha chiesto guardandosi intorno preoccupata. Se ti scopre mio marito ti uccide. Sparisci. L'ha detto con un sorriso ammaliante e mi ha sbattuto il cancello in faccia».

«E tu?»

«Ho detto che ero un testimone di Geova e che ero lì per caso».

«Davvero?»

«*E io sono la fata Turchina*, ha risposto».

«E tu?»

«Ho detto lo so, per questo sono qui».

«Papà, tu fai il meccanico» lo rimprovero. «Non puoi essere sdolcinato da carie nei denti».

«Quando ci si innamora si diventa un po' stupidi».

«Quindi è pericolosissimo innamorarsi».

«Già, Filo, ma ne vale la pena» afferra un sasso e lo lancia. Cinque rimbalzi.

«Davvero non vuoi imparare?»

«Non ancora. Finisci il racconto».

«Non mi ha aperto, ma mi ha detto dove lavorava. Così ho cominciato ad aspettarla all'uscita dell'azienda e qualche settimana dopo ci siamo baciati».

Papà racconta che la passione ha preso il sopravvento, che mamma si sentiva terribilmente in colpa, ma non aveva il coraggio di lasciare Guelfo. Prometteva che lo avrebbe fatto, di avere pazienza.

Fa una pausa, si tasta il taschino della camicia in cerca del pacchetto di sigarette. Deluso, riprende il racconto.

«Poi un giorno, all'uscita dal lavoro, tua mamma non c'era. Pensai fosse ammalata così tornai il giorno successivo e quello dopo ancora. Una settimana più tardi venni a sapere che si era licenziata. Salii in macchina e andai a casa sua. Suonai il campanello. Lei, appoggiata di schiena al cancello chiuso, mi disse che dovevo andarmene. Piangeva. Disse di aver deciso di stare con Guelfo. La nostra storia non aveva futuro, era stata solo una passione passeggera».

Papà incrocia le braccia al petto. «Guelfo l'aveva picchiata».

L'immagine di Guelfo che picchia mamma mi strappa le budella, si attorcigliano come un boa sulla preda.

«E tu non hai fatto niente?» domando

«Non sapevo che la picchiasse, Filo. Me l'ha raccontato in seguito. Ho continuato per alcune settimane a tornare su, a suonare al cancello, ma lei non mi ha più aperto. Non rispondeva neanche al telefono. Non si vedeva più in giro. Guelfo l'aveva segregata in casa».

«Bastardo!»

«Puoi ben dirlo».

«E quando vi siete rincontrati?»

«Quattordici mesi dopo. Stavo riparando la trasmissione di un'auto, disteso sul carrellino a pancia in su, quando ho sentito un leggero calcio al polpaccio. Sono uscito da lì sotto e sono rimasto esterrefatto. Davanti a me c'era tua madre con un fagottino in braccio. Mi sono alzato e mi ha fissato negli occhi. Paride, mi fa, mi ami ancora?»

«E tu cosa le hai risposto?»

«Con tutto me stesso, Adele, le ho risposto».

Papà afferra un sasso e lo lancia. Dieci rimbalzi, un record.

«E nel fagottino cosa c'era?»

«Come *cosa c'era,* Filo?» mi risponde sorpreso. «C'eri tu!»

Una cerniera lampo gli si apre in viso scoprendo tutti i suoi denti bianchi.

«Oddio» rispondo alzandomi.

Il mio cervello lancia pensieri come un flipper con cento palline. Forsennato schiaccio i tasti per evitare che vadano in buca, ma una dopo l'altra il flipper se le inghiotte tutte, tranne una. E basta questa pallina per mandarlo in tilt.

«Sono il figlio di Guelfo» concludo inorridito. «Il figlio di un mostro».

Scatto e mi metto a correre a più non posso lungo il sentiero che costeggia il fiume.

Devo correre più del vento per seminare questa atroce verità.

Peccato che ci sia un tornado alle mie spalle.

Mi travolge e mi fa ruzzolare nella polvere.

E la mia saliva si trasforma in fango.

Diario di Rullo
ovvero
di quando Guelfo pronuncia quattro parole che sono tutto un programma

Sabato

20.

L'ho vista al porto, la petroliera. È una nave lunga chilometri e dentro c'è tanta di quella benzina da farci andare avanti milioni di macchine.

Per questo non posso tirarmi indietro, dopo quello che mi ha detto Filo.

Rullo, ha detto Filo, ti voglio una petroliera di bene.

Perciò con i pugni colpisco la porta della cantina. «GUELFO!» urlo. «Vieni ad aprirmi se ne hai il coraggio».

Io non so se Guelfo sia il padre di Filo, quello vero, non me ne importa un fico secco. Ma lui vuole saperlo e questo è quanto, lo devo scoprire.

Una bestemmia secca, i passi pesanti che scendono le scale, due giri di chiave e la porta che si spalanca spingendomi col sedere a terra. L'umidiccio del vino mi bagna le chiappe.

«Allora, moccioso, chi è che non ha il coraggio?»

Deglutisco, mi alzo. Spazzolo i calzoni.

«Tu» faccio in tono duro puntando l'indice verso il suo brutto muso.

«Coraggio di cosa?» chiede incuriosito.

«Sai perché ti ho chiamato?»

«Per chiedermi di quello stramaledetto cane».

«Sbagliato».

«E per cosa allora?»

È caduto in trappola, l'ho incuriosito. Ora dobbiamo andarcene dalla cantina in modo che Filo abbia via libera.

«Ho fame» dico.

«È un tuo problema».

«Allora non ti dico niente».

«E chi se ne frega» si volta e sbatte la porta.

«Ho visto la culla» dico, «e anche la foto sul comodino. Vuoi sapere che fine ha fatto la madre di tuo figlio?»

La porta si riapre di botto. Guelfo ha l'espressione severa. Corruga la fronte e stringe gli occhi.

«Che fine ha fatto?»

«La colazione, prima».

Polifemo sospira e scuote la testa. Fa un cenno col braccio, come per far passare una signora. Non lo fa per gentilezza, infatti appena gli passo davanti mi arpiona il collo.

«Prova a scappare, moccioso, e ti strozzo».

Prima la colazione, penso.

E le risposte a tutte le domande di Filo.

21.

«Il latte è strepitoso».

«Pulisciti la bocca! Hai la schiuma che ti arriva alle orecchie».

«È di Matilde?» domando.

«E di chi sennò?»
«Della drogheria» suggerisco.
«Secondo te con una mucca nella stalla vado a comprare dello schifoso latte confezionato?»
Guelfo siede al tavolo e rumina delle uova strapazzate.
Indico il piatto.
«Delle tue galline, scommetto».
«Delle galline morte per colpa vostra».
«Di Diablo» preciso. «Se hai un cane che ammazza le galline non prendertela con me».
«Cosa gli avete fatto?»
«Nulla».
Prendo un'altra fetta di pane e ci spalmo sopra la marmellata. «La fai tu?» domando.
«No, il Padreterno».
«È superlativa».
«Superlativa? Ma chi ti ha insegnato a parlare in questo modo?»
«Il vocabolario».
Gli spiego il gioco che faccio con Filo.
«Devi essere il classico secchione».
«No, ma me la cavo» rispondo compiaciuto. «Soprattutto in italiano».
«La parlantina non ti manca» commenta.
Allunga il braccio e afferra la moka gigante. Versa il caffè nella tazza.
«Allora, che fine ha fatto?»
«Chi?»
«Quell'ingrata della mia ex moglie».
«Perché ingrata?»
«Qui le domande le faccio io».
Trangugia rumorosamente il caffè e posa la tazza sul tavolo.

«Rispondi» fa impaziente.

«Non si parla con la bocca piena» replico io mentre infilo in bocca il resto della fetta.

«Non sapevo che stavo parlando con un milord!»

«Un *mi* che?»

«Un signorino aristocratico».

«Anche tu hai un linguaggio niente male per essere un bifolco».

«Ohi, fai attenzione a come parli».

Mi pulisco la bocca con il bordo della tovaglia. «Guarda che bifolco è un mestiere, mica un'offesa».

«Non prendermi per il culo, moccioso».

«Non potrei, è troppo grosso».

«Attento, chi gioca con il fuoco rischia di scottarsi».

Si alza e comincia a sparecchiare.

Appoggia i piatti nel lavello, li sciacqua e li mette a scolare. In lontananza un gallo canta. Me lo immagino spennato, sopravvissuto per miracolo alle fauci di Diablo.

Guelfo si asciuga le mani sullo strofinaccio, lo getta sulla sedia e si siede di fronte a me, i gomiti sul tavolo.

«Colazione finita. Sputa il rospo».

«Un'altra cosa, prima».

«Cosa?»

«Birillo dov'è?»

«Birillo?»

«Il cane del mio amico».

«Ci risiamo» risponde spazientito. «Non lo so».

«Ma tu l'hai visto» protesto. «*Un meticcio di mezza taglia color nocciola?* mi hai chiesto la prima volta che ci siamo visti. Descrizione spiccicata di Birillo».

Guelfo si gratta la barba. «Aveva un orecchio su e uno giù?»

«Sì, sì, sì» quasi urlo. «E le zampe bianche, come se portasse dei calzini».

«L'ho visto» fa lui.

«Quando? Dove?»

Lui alza lo sguardo. Con la mano si liscia la barba.

«Mesi fa, nel bosco».

«Davvero? Non mi stai raccontando una frottola?»

«No».

Nella mia pancia sorge un sole, giallo e caldo. Mi accendo come una lampadina. Salgo sulla seggiola, salto e caccio fuori un urrà come se fossi sul gradino più alto del podio alle Olimpiadi. Ci manca solo l'inno nazionale e il Presidente della Repubblica a infilarmi al collo la medaglia d'oro.

«Rilassati, moccioso. Non starei troppo a gioire» mi interrompe Polifemo. «Era tutto pelle e ossa. Ho provato ad avvicinarmi, ma appena ha visto Diablo è scattato come una lepre. Diablo l'ha inseguito ed è tornato dopo mezz'ora. Ho sentito guaiti che non facevano presagire niente di buono per il tuo cane».

Mi sgonfio come un canotto bucato. Scuoto la testa. Ripeto tra me e me che Birillo è più furbo e veloce, che è riuscito a scappare. Alcune lacrime mi bagnano le guance.

«Le femminucce piangono» fa Guelfo.

Tiro su con il naso. Le asciugo. «Non piango. Sono allergico alla polvere».

«Questa è buona!» Guelfo ride, ma con quel riso da prendermi in giro. E io lo odio.

«È vero. La casa fa schifo, è più pulita la stalla di Matilde».

«ORA BASTA!» tuona. «Mi sono stancato. Dimmi cosa è successo ad Adele».

«È morta!» dico col tono appuntito come un ago.

Il ghigno si spegne e lui volta lo sguardo verso la finestra. Il riflesso del sole gli disegna il profilo. Il naso da pugile affonda nella barba. I peli si muovono a ogni respiro come erba al vento. La bocca rimane serrata.

Il rubinetto goccia lento. Conto sessantadue gocce prima di risentire la voce di Guelfo.

«Ben le sta» commenta.

Si alza e fa per uscire dalla stanza.

«Come puoi dire una cosa del genere?» protesto. «Sei un mostro».

Polifemo si blocca sulla soglia. Si gira e viene verso di me. Mi ritrovo il suo indice puntato al naso. «Tu non sai un bel niente di quello che è successo».

Mi afferra per la collottola, mi alza di peso e mi lancia sul divano. Atterro di schiena sul morbido, la testa rimbalza sul cuscino.

Guelfo afferra la sedia per lo schienale, la fa piroettare in aria.

È la fine, penso. Porto le ginocchia al petto, chiudo gli occhi e alzo il braccio per proteggermi il viso. Fa che sia una morte rapida, ti prego.

Un colpo sordo e uno scricchiolio. Mi ha mancato, penso. Apro un occhio. Guelfo è seduto a cavalcioni sulla sedia. Gli avambracci appoggiati allo schienale. Mi osserva corrucciato.

«Rilassati» fa lui. «Non ti faccio niente».

Aspetta che mi metta seduto comodo, quindi mi chiede come faccio a conoscere Adele.

Penso alla regola del dire sempre la verità, ma non tutta.

«Era la mamma di un mio amico».

Guelfo si gratta il mento.

«E dov'è questo tuo amico?» chiede interessato.

Non posso dire la verità. Al volo fisso una nuova norma: le regole possono essere trasgredite in casi di emergenza.

«Al campo scout».

«È il padrone di Birillo?» Guelfo muove la testa di lato, mi scruta.

«No. Un altro».

Il suo sguardo indagatore mi mette a disagio. Cambio discorso. «A proposito» dico, «se non torno per mezzogiorno, il mio amico avvisa i carabinieri».

Guelfo controlla l'orologio al polso, una patacca d'acciaio con un quadrante nero. «Ho tempo a sufficienza per farti a pezzetti e far sparire il corpo» sogghigna.

«Ora che ci ripenso» ribatto, «ci siamo messi d'accordo per le dieci. Se non mi vede per le dieci, chiama i carabinieri».

«Non fa differenza. Un'ora è più che sufficiente».

Che scemo, potevo dire le nove.

«Se sei qui per cercare il cane, come sai di Adele?»

«Ho visto la foto, te l'ho detto. Ci sono rimasto di stucco».

«Mi sembra una strana coincidenza» fa lui dubbioso.

«Le coincidenze sono sempre strane» ribatto. Sto arrampicandomi sugli specchi con le mani insaponate. «Comunque Adele si è suicidata» aggiungo per sviare.

«Suicidata?»

«Ha buttato giù una vagonata di psico non so che».

«Psicofarmaci?».

«Sì, quella roba lì».

Guelfo si accarezza la barba, la liscia pensieroso.

«Ha lasciato un messaggio?»

Dalla stalla sale il muggito ripetuto di Matilde. Guelfo si volta e fa per alzarsi. «Chi c'è?» sbraita.

Gli tocco l'avambraccio per evitare che vada a controllare.

Potrebbe essere Filo a innervosire la mucca.

«Ha lasciato un messaggio» dico serio.

«E cosa c'era scritto?»

«Che il rimorso era insostenibile».

«Così ha scritto?»

«Testuali parole».

Mi aspetto che Guelfo mi domandi *rimorso verso cosa*, ma non lo fa. Se non lo fa, significa che lo sa.

«Che rimorso aveva?» gli chiedo.

Guelfo si alza, si sposta verso la finestra, la apre e prende una lunga boccata d'aria. Sfila dalla tasca della camicia un pacchetto di sigarette. Se ne accende una. La nuvoletta di fumo gli va negli occhi. Gli strappa una lacrima che prontamente si asciuga con il dorso della mano.

«Non sono affari tuoi» dice.

«Lo sono eccome» ribatto.

«Convincimi».

«Le volevo bene» rispondo spontaneo.

«Perché? Era solo la mamma di un tuo amico».

«Del mio migliore amico» preciso.

«Come sta il tuo migliore amico?»

«Perché ti interessa?»

«Curiosità».

«Sta bene».

«Come fa? Dopo quello che è successo?»

«Il padre gli è stato molto vicino» mento.

Lui tira una lunga boccata di fumo. La trattiene per qualche secondo, poi sbuffa come una ciminiera.

«Allora» lo incalzo, «qual è il rimorso?»

«Adele ha perso la testa per un altro uomo. È diventata intrattabile, scontenta. Io sono diventato insopportabile per lei. Io che l'ho salvata da quei genitori mentecatti. Io che l'ho coperta di attenzioni, io» e si batte l'indice sul petto, «che le ho dato un tetto sulla testa e un futuro sicuro. Che ingrata. Assurdo, no?»

Lo guardo in silenzio.

«Ho provato a farle cambiare idea...»

«Come?»

«Stai insinuando qualcosa?»

«*Insi* che?»

«*Insinuando,* lo sai cosa significa, saputello, non mi prendere in giro».

«No che non lo so».

«Significa che pensi male. Che l'abbia convinta con la forza a cambiare idea...»

«L'hai fatto?» lo interrompo.

Lui riflette. Si muove verso il tavolino basso, raccatta il posacenere. È zeppo di cicche marroni.

«Per il suo bene».

«L'hai picchiata?»

«Per il suo bene» ripete.

«Se picchi, non ami» protesto.

«So solo io quanto amassi Adele, chi sei tu per giudicare?» fa lui alzando il tono di voce. Spegne la sigaretta a forza nel posacenere. Qualche cicca straborda e cade sul pavimento.

Appoggia il posacenere. Scuote la testa. «Lo so solo io» conclude.

Afferro un cuscino di velluto beige, lo porto al petto, lo stringo. Sa di polvere.

«Ma non sei riuscito a fermarla».

«Figurati, ha deciso di abbandonare suo figlio pur di ritrovarsi libera».

«Lo ha abbandonato?» stringo i pugni forte.

«In un certo senso».

«Che vuoi dire?»

«Lo ha lasciato a me».

«Non lo voleva?»

«Certo che lo voleva. Lei voleva tutto. Ma la libertà ha un prezzo, e il prezzo era che mi lasciasse Tommaso».

«Tommaso?»

«Sì, Tommaso».

Un vortice di pensieri mi centrifuga in testa. Tommaso non è Filo. Filo è nato dopo. Filo non è figlio di Guelfo. Un sorriso gigante sta per scoppiarmi in viso, lo trattengo.

«L'hai ricattata» faccio io.

«Lo definirei uno scambio equo».

«Dov'è Tommaso?» chiedo.

Guelfo si affloscia sulla sedia. Gomiti sulle ginocchia e mani nei capelli. Si guarda gli scarponi.

«Era un bambino speciale».

«*Era*?» sottolineo.

Guelfo continua come se non avesse sentito. Il tono di voce si fa basso, quasi parlasse tra sé e sé. «Non piangeva mai. Dormiva dodici ore di fila. Succhiava il biberon come un forsennato. Se cagava e pisciava nel pannolino non si lamentava. E sorrideva, sorrideva con i due dentini quando lo facevi volare».

«Volare?»

«Sì. Lo alzavi sulle braccia e gli facevi fare l'aeroplano».

Ripeto la domanda. «Dov'è Tommaso?»

«So cosa si mormora in paese» risponde. «Ma non è vero!»

La sua mano si alza verso il soffitto, si chiude a pugno e colpisce con violenza il piano del tavolino. Il posacenere rimbalza alzando una nuvoletta grigia. Spingo sui talloni e mi rannicchio all'angolo del divano, a debita distanza.

«Cosa si mormora?»

«Che lo abbia ucciso» alza la testa e mi fissa. Gli occhi iniettati di sangue. «Può un padre uccidere un figlio?» domanda.

«Magari senza volere» azzardo.

«Anche tu ti fermi all'apparenza, moccioso. Pensavo fossi più intelligente».

Incasso senza ribattere. Questo è sul filo di un'arrabbiatura da bufalo.

«*Sudden Infant Death Syndrome*» fa lui.

«Che?»

«Tecnicamente si chiama così. Non parlo inglese ma queste parole ce le ho scolpite in testa».

«Cos'è?»

«La sindrome da morte in culla o morte bianca. È molto più frequente di quello che si pensi. Colpisce un bambino su mille. E Tommaso era quell'uno».

Guelfo tira giù una di quelle bestemmie che, se Dio esiste lassù, ci puoi giurare che guarda in basso curioso di scoprire chi lo tira in ballo.

«Una mattina non si è svegliato» continua quasi sussurrando. «Pensavo dormisse un po' di più, qualche volta accadeva, e non mi sono preoccupato. Ho fatto colazione, pulito la stalla, lavato i piatti della sera prima. Ho deciso di svegliarlo, l'avrei portato nel marsupio ad accudire i polli, i conigli e i cani da caccia. Lui sgambettava felice quando lo portavo con me. Sono entrato nella sua cameretta e dormiva a pancia sotto, durante la notte si era girato, già altre volte lo aveva fatto. Gli ho sfiorato la schiena. Tommaso, cucciolo, svegliati, ho detto» mi punta il dito contro. «Non fare quella faccia, moccioso.

Lo chiamavo *cucciolo*. Sarò pure burbero, ma un cuore ce l'ho anch'io».

«Non ho detto niente» mi difendo.

«Tommaso non si è mosso, quindi l'ho scosso un po' di più e a quel punto mi sono reso conto che qualcosa non andava. Rimaneva immobile. L'ho preso da sotto le ascelle e l'ho tirato su». Guelfo alza le braccia per mostrarmi il gesto.

«Il corpicino completamente abbandonato, nessuna reazione. Ho sentito la sua testolina fredda sulla mia guancia e mi sono accorto che non respirava. Gli ho strappato il pigiamino, l'ho appoggiato a terra e ho provato a fargli un massaggio cardiaco. Avevo paura di sfondargli il torace. Non sapevo quanta forza bisognava metterci. Ho continuato per non so quanto».

«E non hai chiamato l'ambulanza?»

«Moccioso, siamo in culo al mondo, non sarebbe mai arrivata in tempo. E in ogni caso Tommaso era già morto prima che provassi a rianimarlo».

«Come fai a saperlo?»

«Me l'ha detto il medico».

«Quale?» domando.

«Un vecchio amico. Ho chiamato lui perché mi avrebbe creduto, piuttosto che saltare subito alla conclusione che fossi stato io a uccidere Tommaso».

«Come facevi a esserne sicuro?»

«Il fiuto, e poi quando ero ragazzino gli avevo salvato la vita».

«Sul lago ghiacciato?» lo interrompo.

«Come fai a saperlo?» chiede.

«Il mio amico ha conosciuto il nonno di Amélie. Gli ha raccontato la storia».

Quindi lo invito a continuare.

Dice che il nonno di Amelie è arrivato dopo mezz'ora. Dopo aver visitato il corpo di Tommaso, gli ha fatto mille domande: in quale posizione aveva trovato il bambino, se aveva qualcosa che gli copriva il naso e la bocca, cosa aveva mangiato la sera prima, quali erano le condizioni di salute, se aveva notato schiuma, sangue o altre secrezioni, quali indumenti indossava. Infine gli ha appoggiato una mano sulla spalla e gli ha spiegato della sindrome da morte bianca. Gli ha suggerito di chiamare subito i carabinieri e di stare tranquillo. Avrebbero fatto l'autopsia e sarebbe venuta fuori la verità.

«E lo hai fatto?»

«Sei matto? Il pensiero che Tommaso fosse vivisezionato come un topo da laboratorio mi ha fatto inorridire. Il nonno di Amélie mi doveva un favore, gli avevo salvato la vita d'altronde. Così, in cambio, gli ho chiesto di far finta che non lo avessi mai chiamato. Di scordarsi dell'accaduto, e saremmo stati pari».

«E lui ha accettato?»

«Ci ha messo un po', era combattuto. Ha voluto sapere che intenzioni avevo e l'ho rassicurato che avrei costruito una bara, seppellito Tommaso in un luogo segreto, e poi trovato un modo per denunciare la scomparsa. Lui ci ha pensato a lungo. Alla fine ha detto va bene, così siamo pari. Ho la tua parola? ho domandato. Hai la mia parola, ha risposto. Ci siamo stretti la mano, ha preso le sue cose e se n'è andato. Da quel giorno non l'ho più visto».

Guelfo racconta di aver seppellito Tommaso la notte stessa. Ha aspettato mesi prima di denunciarne la scomparsa, e se non fosse stato per Adele che era tornata con l'intenzione di riprendersi il figlio, forse l'avrebbe fatto molto più in là. I carabinieri non sono riusciti a trovare il corpo, e senza corpo non c'è reato, conclude.

«Dove hai sepolto Tommaso?»
Guelfo fa una smorfia sprezzante. «Non l'ho confessato neanche sotto tortura e lo vengo a dire te».
«E a chi lo diresti?»
«Ad Adele, lo avrei detto. Avrei voluto raccontarle tutto e che sapesse della mia innocenza».
«Perché non l'hai fatto?»
«Perché non mi avrebbe creduto».
«Ciò non significa che ti considerava colpevole» ipotizzo.
«Fino a mezz'ora fa potevo pensarla così».
«Perché fino a mezz'ora fa?»
«Finché non mi hai detto il motivo del suo gesto».
«Del rimorso insostenibile?»
«Già, doveva essere convinta che fossi stato io a ucciderlo».
«E non l'hai ucciso tu?» domando a bruciapelo, spingendo Guelfo all'angolo. Da come risponderà posso capire se ha detto la verità oppure se ha raccontato un mucchio di balle.
Lui, calmo, alza la testa. Mi penetra con gli occhi in fiamme e un istinto primordiale mi comanda di scappare, di non passare un solo istante rannicchiato sul divano.
Guelfo, con la pacatezza di un monaco tibetano, dice che sono una testa di cazzo di moccioso di merda, a dubitare delle sue parole dopo che lui mi ha aperto il suo cuore come non aveva mai fatto in vita sua.
«Questo mi ferisce, moccioso. Mi ferisce profondamente» conclude con freddezza.
Il suo viso diventa duro come marmo. Gli occhi gelidi. Gli angoli della bocca si tirano come un elastico.
La calma che esprime è la marea che si ritira prima

dello tsunami. Medito una via di fuga. Se scatto verso la porta può afferrarmi semplicemente allungando un braccio.

Lui continua a farneticare. Dice che un animale ferito ha il diritto di difendersi con violenza. Sì, dice proprio *con violenza.*

«Voglio diventare vecchio» sussurro.

La sua bocca si trasforma in un ghigno malefico.

«Non ci farei troppo affidamento» fa lui.

«Invece io sì» ribatto.

Afferro il posacenere e gli getto il contenuto negli occhi. Mi butto a terra schivando il suo braccio che tenta di afferrarmi. Sono un giocatore di rugby a due passi dalla meta.

«MALEDETTO!» urla.

Si alza e tira un calcio che mi colpisce la caviglia.

Una fitta di dolore si trasmette a tutta la gamba. Mi alzo e zoppico verso la porta della cucina, chiusa. Mi volto per controllare Guelfo. Lui con le braccia avanti come un sonnambulo si disinteressa a me e si dirige verso il lavello. Afferro la maniglia, la ruoto e tiro.

La grassa risata di Polifemo mi pugnala alle spalle.

Ha aperto il rubinetto e si sta sciacquando gli occhi. Lo fa con lentezza. Sa che non c'è fretta.

Io provo ad aprire con tutte le mie forze, ma la chiusura è robusta, non si muove di un millimetro.

Impotente mi appoggio con le spalle alla porta.

Guelfo si asciuga la faccia con uno strofinaccio. Lo appallottola e lo lancia sul tavolo.

Con la lentezza di un bradipo, assicurandosi che io lo stia a guardare, con l'indice e il pollice sfila dalla tasca dei pantaloni una chiave e me la mostra lasciandola sospendere all'altezza dei miei occhi.

«Conosco i miei polli» fa lui.

Muove un passo verso di me e pronuncia quattro parole che sono tutto un programma.

«A noi due, moccioso!»

Chiudo gli occhi.

E dico addio al mondo.

Diario di Filo
ovvero
di quando Birillo sembrava un peluche attaccato a una giostra che gira

Sabato

26.

Papà si siede di fronte a me e mi prende delicatamente i polsi.

«Ascolta, Filo».

«Non voglio sentire più niente». Metto le mani sulle orecchie, nel caso non l'avesse capito.

«Per favore, mi devi ascoltare».

Sono privo di forze, come se una cannuccia gigante me le avesse succhiate tutte. Lui guida le mie mani sulle sue spalle e appoggia la fronte sulla mia. Un fiato caldo e aspro mi investe il viso.

«Tu sei mio figlio come è vero Iddio».

«Non credo in Dio» sussurro.

«In cosa credi?»

«In Rullo» rispondo.

Papà sospira. Scosta per un secondo la fronte, poi la riappoggia.

«Sei proprio uno zuccone» mi fa, ma con dolcezza.

«Da qualcuno devo aver preso».

«Colpito e affondato» vedo un sorriso sfuocato sul suo viso.

«Davvero sono tuo figlio?»

«Come è vero Rullo».

Allontano la testa, metto a fuoco i suoi occhi.

«Ma tu non credi a Rullo» protesto. «Ho sentito quello che dicevi al maresciallo l'altra notte».

Ogni singola parola, penso.

27.

«Maresciallo» ha detto papà. «Non posso darle il numero dei genitori di Rullo».

«Non li conosce?»

«Non è questo. Rullo non ha genitori».

«È orfano?»

«Peggio».

«Peggio? Cosa c'è di peggio?»

«Rullo non esiste» ha risposto mio padre.

«Cosa significa *non esiste*?» ha chiesto il maresciallo duro di comprendonio.

«Rullo è il frutto dell'immaginazione di Filo».

«Un amico immaginario?»

«Esatto. Un amico immaginario!»

«E da quando esiste questo amico immaginario?»

«Dalla morte di Adele».

«Adele?»

«Sì, Adele. La madre. Mia moglie». Papà ha cominciato a raccontare.

«Ho scoperto che Filo parlava da solo qualche giorno dopo il funerale. Chiuso in camera sua. Botta e risposta. Quando faceva parlare Rullo modificava la voce. Un tono più acuto, da bambino piccolo, piagnucoloso. Origliavo per ore. Volevo capire cosa succedeva nella testa di mio figlio. Mi aspettavo che parlasse della madre, del dolore che provava. Invece niente. Parlava di cose banali. Della scuola, dei compiti, dei giochi, di quello che leggeva, di ciò che gli succedeva. Non ha versato una sola lacrima per la morte di Adele, una che sia una. Io piangevo come un bambino, e lui duro come un adulto. Pensavo che con quell'amico immaginario Filo potesse finalmente sciogliere il dolore, liberare le lacrime. Perciò l'ho lasciato fare. Qualche mese dopo mi hanno chiamato le insegnanti per riferirmi che Filo si isolava dai compagni, che non giocava più con loro. Era sempre il primo della classe, questo sì, un piccolo genio a loro dire, ma il carattere solare che lo contraddistingueva si era spento. Quando provavano a coinvolgerlo nelle attività di gruppo si mostrava indispettito, e coglieva qualsiasi pretesto per litigare con i compagni.

Ho consultato una psicologa, mi ha detto che c'era il rischio che quel suo amico immaginario lo chiudesse in se stesso, facendolo sprofondare in un mondo autistico. Così ho deciso di affrontare la cosa di petto.

Sono entrato in camera sua senza bussare.

«Con chi parli, Filo?» gli ho chiesto.

«Con Rullo» ha risposto innocente. Era seduto sul letto, la schiena appoggiata al muro.

«Rullo?» ho fatto finta di non conoscerlo, di non sapere di lui.

«Sì, Rullo. Si lamenta di non saper fare i compiti di matematica. Di non essere portato per i numeri».

Mi sono seduto sul letto.

«E dove si trova Rullo ora?»

«Come, papà, non lo vedi?» ha risposto scandalizzato. «È lì, sulla seggiola».

«Lì sulla seggiola non c'è nessuno» ho detto calmo.

«Stai scherzando?»

Filo ha sorriso. Un sorriso sincero. Era davvero convinto che facessi finta di non vederlo. La cosa mi ha preoccupato molto. Pensavo che fosse consapevole che il suo amico era immaginario, un'allucinazione, non pensavo che lo vedesse davvero.

Mi sono rabbuiato. Ho detto che non stavo scherzando, che su quella seggiola c'erano solo vestiti. Ma lui ha insistito e si è rivolto a Rullo.

«A papà piace scherzare, Rullo, non ci fare caso. Fa finta di non vederti. Vuole metterti paura».

«Io non voglio mettergli paura» ho risposto secco, alzando la voce. «Non potrei nemmeno. Come posso mettere paura a qualcosa che non esiste?»

«Smettila, papà! Non dire così, lo farai piangere!»

«Piangere? E per cosa?» stavo perdendo la pazienza.

«A Rullo non piacciono le persone che urlano. Lo vedi, si è messo le mani sulle orecchie».

«Non vedo niente, Filo! Rullo non esiste, esiste solo nella tua testa!» ho urlato.

«Basta! Basta scherzare, non è divertente!»

Mi sono alzato, mi sono diretto alla sedia, ho afferrato i vestiti e li ho gettati a terra.

«È ancora seduto qui?» ho chiesto esasperato.

Filo ha annuito, si è portato le ginocchia al petto.

«Ah sì? E ora?»

Ho preso la sedia e l'ho scaraventata con tutta la forza contro la parete. Si è rotta in più pezzi. So di aver sbagliato, ma in quel momento non capivo più nulla. Non potevo, e non volevo, accettare la pazzia di mio figlio.

Ho indicato i resti della sedia. «È ancora seduto lì?»

Filo mi fissava con gli occhi sgranati. Tremava e non rispondeva.

«È ancora seduto lì?» ho ripetuto.

Lui stringeva i pugni. Ho letto odio puro nel suo sguardo. Un odio ingiusto. Non poteva odiare suo padre solo perché stava cercando di salvarlo dalla pazzia. Non poteva.

«E ancora seduto lì?» ho domandato nuovamente. «Rispondi!»

«No» ha sussurrato.

Ho sospirato, per un attimo ho pensato di avercela fatta.

«Si è rifugiato sotto il letto» ha aggiunto.

Non ci ho visto più.

L'ho afferrato per il braccio e l'ho strattonato finché non si è piegato sotto il letto.

«Fallo uscire!» ho ordinato.

«Non vuole uscire».

Mi sono piegato anch'io. Sotto il letto c'era solo il cane di peluche. L'ho preso per una zampa e l'ho buttato fuori.

«No, così gli fai male» ha protestato.

«È solo un peluche» ho risposto esasperato. Che pensasse che anche il peluche fosse vivo era troppo per me, decisamente troppo.

«Lo vedi ancora?»

Lui ha guardato a destra e a sinistra. È rimasto in silenzio per un po'. Rifletteva. Ho pensato che finalmente si rendesse conto che Rullo era solo immaginario. Gli ho dato il tempo di accettare questa nuova consapevolezza.

«No» ha risposto alla fine. «Non lo vedo più».

Ho sospirato nuovamente. Siamo usciti da sotto il letto. Ci siamo seduti per terra. Uno di fronte all'altro.

«Guardami, Filo».

Lui ha alzato la testa. Quell'odio era sempre presente.

«Ascoltami bene. Rullo è frutto della tua fantasia. Non esiste nella realtà. È un'allucinazione. Lo hai creato tu. Solo tu puoi vederlo, nessun altro. Io non lo vedo, e nessun'altra persona può vederlo».

«Birillo riesce a vederlo» ha protestato.

Ho ignorato la risposta e ho continuato. «Rullo è pericolosissimo per te, credimi. Ti fa perdere il contatto con la realtà, ti fa diventare pazzo. E tu non sei pazzo, Filo. Tu sei un bambino sano, intelligente, sei il primo della classe, hai un mucchio di amici veri, reali. Tu non hai bisogno di Rullo, non hai bisogno di un'allucinazione. Mi segui?»

«È Rullo che ha bisogno di me!»

«Rullo non esiste, perdio! Hai capito?»

L'ho preso per le spalle e l'ho scosso. «Non esiste!» ho ripetuto cercando di trattenere la rabbia.

Gli ho bussato piano sulla fronte con le nocche. «È solo dentro la tua testa. Sei tu che l'hai creato e se tu lo hai creato sei tu che puoi farlo andare via. E devi farlo andar via».

«È il mio migliore amico».

«Non è il tuo migliore amico. Lui ti farà diventare pazzo. Tu vuoi diventare pazzo, Filo? Vuoi essere rinchiuso in un manicomio per tutta la vita?»

«No».

«Allora lo devi lasciare andar via. Lo devi uccidere».

«Ma io non sono un assassino».

«Certo che non lo sei. Non lo uccidi per davvero. Lo fai solo sparire. Come una bolla di sapone. *Puff.* A lui non succederà niente, non sente dolore. Sparisce e basta».

Filo mi ha fissato a lungo, pensieroso. Ha risposto che andava bene. Che avrebbe fatto sparire Rullo dalla sua testa, che non voleva diventare pazzo, per niente al mondo voleva diventare pazzo. Ha detto che non voleva che io mi arrabbiassi, che lui era un bambino bravo, normale, come tutti gli altri bambini che andavano a scuola con lui. Ha detto che non mi dovevo più preoccupare, mai più.

«Promesso?»

«Promesso!»

Ha alzato una mano e ha messo l'altra sul cuore.

Io ho stretto le labbra, sollevato. Gli ho pizzicato la guancia e ho fatto per uscire. Sulla porta della camera mi sono voltato. Filo mi guardava ancora, e sorrideva. Sono uscito dalla stanza con la netta sensazione che il problema fosse risolto.

Non l'ho più sentito parlare da solo, non ha più nominato Rullo, e anche le maestre a scuola dicevano che Filo aveva ricominciato a essere socievole con i compagni.

Solo ora, maresciallo, mi rendo conto di quanto mi sbagliassi» ha concluso mio padre.

28.

Papà alza lo sguardo al cielo, fissa la luna, non è più piena, una piccola fetta se l'è mangiata la notte.

«Quando è ricomparso Rullo?» domanda.

«La verità?»

«La verità».

«Non è mai sparito. Quel giorno, quando hai fatto tutto quel casino, Rullo si era rintanato sotto il letto, nell'angolo in fondo. Tremava dalla paura. Quando sei uscito gli ho detto che poteva venire fuori, ma di fare piano che non ci doveva sentire più nessuno. Mai più».

Papà mi passa una mano sui capelli. Mi scuote leggermente la testa.

«E sei stato bravissimo a farlo».

«*Siamo*» lo correggo. «Siamo stati bravissimi».

«Già, siete stati bravissimi» sottolinea. «Vi siete nascosti alla grande».

Papà si sposta al mio fianco. Si toglie la giacca e me la mette sulle spalle.

«Inizia a far freddo» sussurra.

Prende un sasso, lo soppesa e poi lo lancia nel fiume senza farlo saltare. Cerchi concentrici argentei si inseguono fino alla riva.

«Parlami di Rullo».

«Davvero vuoi sapere di lui?»

«Tutto, voglio sapere tutto di Rullo».

Sorrido.

«Ci vuole un sacco di tempo».

«Abbiamo tutta la notte, può bastare?»

Annuisco.

«Bene, io non ho sonno».

Così racconto a papà di Rullo, dal momento in cui è comparso a scuola fino a quando l'ho visto in cantina. Gli parlo di tutte le nostre avventure, del gioco del vocabolario e dei nostri diari paralleli.

«Anche quello era un gioco, quando rileggevamo quello che avevamo scritto vinceva chi aveva fatto meno errori».

«Chi era il più bravo?»

«Di solito finivamo pari».

«Contavano solo gli errori ortografici? Non davate un voto al contenuto?»

«Ne abbiamo discusso e siamo giunti alla conclusione che il voto al contenuto è una questione di gusto. Inoltre a me piaceva molto di più quello che scriveva Rullo, e a Rullo quello che scrivevo io».

«Quindi pari e patta».

Mi batto una mano sulla fronte.

«Papà» dico, «dobbiamo tornare da Guelfo, abbiamo lasciato i diari in cantina. Li abbiamo nascosti dietro un mattone».

«Temo che non ci voglia più vedere e ci farebbe entrare in casa solo se passassimo sul suo cadavere».

«Entriamo di nascosto».

«Filo! Non ti è bastato?»

«C'è anche il diario di Rullo, e ancora non ho letto quello che ha scritto su Guelfo e cosa si sono detti» protesto.

«Le cose importanti te le racconto io. In più, se lasci quei diari nascosti, col passare del tempo diventano un tesoro. Magari un giorno qualcuno li troverà, e sai che sorpresa. Le vostre avventure si tramanderanno nel futuro, di bocca in bocca, e tu e Rullo diventerete degli eroi, nei secoli dei secoli».

«Nei secoli dei secoli?»

«Nei secoli dei secoli» fa lui e mi stringe al suo fianco, forte.

«Fico» commento.

Dopo un attimo di silenzio papà mi chiede di togliergli una curiosità.

«Quale?»

«Il nome Rullo è un po' strano» fa lui con l'intento palese di non ferirmi, «come mai si chiama così?»

Gli parlo della storia del voler essere una zecca e di come, allo stesso modo, nessun genitore sano di mente darebbe quel nome al figlio.

«Questo significa che di Rullo, al mondo, ce n'è uno solo, unico, originale al massimo!» concludo.

Intanto un rospo comincia a gracidare. Un altro gli fa eco, poi un altro ancora finché tutto il fiume diventa una sinfonia gracidante.

Prendo fiato, e sputo l'unico rospo che non gracida.

«Papà, come fai a essere sicuro che sono tuo figlio?»

Lui sorride.

«Guarda la mia mano» mi fa. La apre a ventaglio, mi mostra il palmo e il dorso. «L'hai vista bene?»

Annuisco.

«Ora avvicina la tua».

Allungo la mano. La giro e la rigiro. La metto vicino alla sua. Confronto i polpastrelli, le dita affusolate, il disegno ovale delle unghie, il contorno regolare delle nocche.

«Allora?»

«Simili».

«Non simili, Filo. Identiche. Quando tua mamma ha detto che eri figlio mio, per prima cosa ho osservato le tue mani. Era più di un anno che non la vedevo, era normale non crederle».

«Perché?»

Papà si blocca. Una ruga gli taglia la fronte in due.

«Sai come si fanno i bambini?» chiede.

«Li porta la cicogna» rispondo.

«Tecnicamente non è proprio così» dice serio.

«Papà, ti sto prendendo in giro. Lo so benissimo come si fa, ce l'hanno spiegato a scuola. L'uomo e la donna si accoppiano, milioni di spermatozoi corrono come ghepardi per arrivare primi a rompere il guscio dell'ovulo. Solo il primo ci riesce. A volte anche il secondo, nel qual caso nascono dei gemelli».

Lui sospira. «Bene. Ti hanno spiegato bene. Dov'ero rimasto?»

«Che non hai creduto a mamma».

«Era sposata con Guelfo, pensavo fosse naturale che avessero rapporti».

«E lei come ha reagito?»

«Ha detto seria: se ti dico che è tuo, è tuo. Fidati».

«E tu ti sei fidato?»

«Solo dopo aver guardato le tue mani».

«Ma mamma nel biglietto d'addio ha sottolineato che ero tuo figlio. Vuol dire che non ti credeva che tu le credevi».

«Una volta purtroppo gliel'ho detto, che non credevo che tu fossi nostro figlio. L'ho fatto per scuoterla, non sapevo più cosa fare. Erano mesi che non si alzava dal letto, che non si lavava, che piangeva continuamente. Per quanto le ripetessi che doveva reagire, che lo facesse almeno per te, che tu avevi bisogno di una madre allegra, piena di vita, lei non reagiva, rimaneva apatica».

«Apatica?»

«Senza alcuna spinta, morta dentro».

«E come ha reagito?»

«Lì per lì non ha risposto. Però è servito, le mie parole l'hanno scossa. Per un mese sembrava tornata quella di prima».

«Perché mamma era così depressa?»

«Hai ancora la foto che hai preso da Guelfo?»

Mi tocco la tasca laterale. La cornice è ancora lì. La sfilo e la passo a mio padre.

Lui prende lo zippo, l'accende. La luce della fiamma illumina la foto.

«Guardala bene» dice.

Metto a fuoco l'immagine. Riguardo Guelfo con in braccio il neonato seduto sulla panchina dietro la carrozzina blu con le ruote con i raggi e le gomme bianche.

Leggo la scritta tagliata BENVENUT e sposto l'attenzione al volto serio di mamma. Non noto niente di strano.

Lo dico a mio padre.

«Guarda meglio».

Controllo con più attenzione la foto, come si fa con quelle immagini dove ci sono le figure mimetizzate. Mi ci vuole un po', infine mi accorgo di quello che papà voleva farmi notare. Lo punto con l'indice.

Lui annuisce.

«Com'è Rullo? Fisicamente, intendo» mi chiede.

«Identico a me» rispondo.

«Lo sospettavo» fa lui.

Porto l'attenzione ancora sulla foto. Metto a fuoco la carrozzina. Dentro scorgo il viso di un neonato, tale e quale a quello in braccio a Guelfo.

«Si chiamava Tommaso» fa mio padre. «Era tuo fratello gemello».

Uno a questo punto, di fronte a una notizia del genere, minimo minimo dovrebbe spalancare la bocca. Io no. Io reagisco come se papà mi avesse detto che i miei capelli sono neri. Come se io lo sapessi già, di aver avuto un fratello gemello, intendo.

Papà racconta di aver saputo di Tommaso solo quando è scomparso. Mamma lo aveva tenuto all'oscuro.

«Perché?»

«Quando mamma ha espresso la volontà di separarsi» fa lui triste, «Guelfo le ha posto un'unica condizione: puoi andartene solo se mi lasci un figlio. Era convinto che lei non avrebbe mai accettato, ma si sbagliava. Adele ne aveva subite troppe, lui le metteva le mani addosso e non voleva che un giorno i suoi figli subissero le stesse violenze».

«Ma ha salvato solo me» faccio notare.

«Avrebbe salvato anche Tommaso. Se avesse dimostrato che non era figlio naturale di Guelfo, qualsiasi giudice gli avrebbe tolto l'affidamento. Si era mossa subito in tal senso, aveva contattato il medico, per capire quale analisi fare, e l'avvocato. Ma purtroppo non ha fatto in tempo».

«E tu non sapevi niente».

«No. Se l'avessi saputo avrei fatto un casino. E lei non voleva questo».

Papà raccoglie un bastone e disegna dei ghirigori sul fango.

Lo schiaccia con forza fino a spezzarlo.

«Quando ha saputo della scomparsa di Tommaso, ha avuto un crollo emotivo. Si sentiva in colpa, non doveva abbandonarlo. Per un po' ha sperato che Guelfo avesse nascosto tuo fratello, ma con il passare del tempo la sua speranza si è affievolita fino a sparire».

Mi fa un certo effetto sentire la parola *fratello.* L'ho appena saputo, di aver avuto un fratello, e già mi manca.

«Guelfo ha ucciso Tommaso, secondo te?» chiedo.

«Non so che pensare».

«E mamma?»

«Diceva che era impossibile. Per quanto istintivo e violento, non avrebbe mai potuto fare una cosa del genere».

Una nube bianca copre la luna. I contorni del canneto si confondono con la notte.

«Guelfo è mai venuto a cercarmi?» chiedo.

«No, Filo. Dopo la scomparsa di Tommaso gli è stata tolta la patria potestà ed è stato interdetto dall'avvicinarsi a te».

«Interdetto?»

«Significa che gli è stato vietato di avvicinarsi».

«E lui ha rispettato il divieto?»
«Sì».
«Anche dopo la morte di mamma?»
Papà alza un sopracciglio e sospira. «Secondo me non lo sa che è morta. Tua madre non aveva alcun legame con il paese e vivevamo lontani».
Ora Guelfo lo sa, vorrei dirgli. Rullo sicuramente gli ha spifferato tutto. Ma lo tengo per me.
«E poi» continua mio padre «per sicurezza, tua mamma ha voluto cambiarti oltre al cognome anche il nome».
«Davvero, e come mi chiamavo prima?»
«Niccolò».
Ora capisco come mai Guelfo non ha sospettato che potessi essere l'altro figlio.
«E cosa volevi fare, quando sei andato da lui con Birillo?» chiedo.
«La verità?»
«La verità».
«Volevo spaccargli la faccia».
«Perché?»
«Perché è colpa sua se tua mamma non c'è più».
«E gliel'hai spaccata?»
«Se fosse stato in casa l'avrebbe spaccata lui a me. Hai visto quanto è grosso?»
«L'ho visto eccome».
«Comunque ho rischiato di peggio. Il cancello era aperto e quando stavo per andarmene mi sono trovato il suo dobermann ringhiante a impedirmi il passaggio».
«Diablo».
«Già. Quando mi sono mosso mi è saltato addosso».
«E tu cosa hai fatto?»
«D'istinto ho chiuso gli occhi e ho alzato il braccio per proteggermi, ma Diablo non è mai arrivato a mordermi».

«Perché?»

«Birillo gli si è avventato contro per difendermi. Ne è nata una rissa furibonda. Da spavento. Erano inferociti. Birillo non poteva farcela contro Diablo, ringhiava, guaiva, si difendeva come poteva, mordendogli le orecchie e le zampe. Non potevo dividerli, ma se non intervenivo Diablo lo avrebbe ucciso. Mi sono guardato attorno in cerca di qualcosa per colpire Diablo. C'era una pala appoggiata al trattore, sono corso a prenderla e quando sono tornato Birillo era a terra, schiena contro il cancello, il pelo macchiato di sangue, sembrava esausto, rassegnato al suo destino. Non ci ho pensato un attimo e ho alzato la pala per colpire Diablo. Lui si è accorto di me e, ancor prima di poterlo colpire, ha fatto un balzo contro il mio petto facendomi cadere di schiena. Mi sono ritrovato con Diablo sopra, le fauci spalancate per azzannarmi il collo. Una frazione di secondo e sarei morto, non avrei potuto più difendermi, ma...» papà deglutisce.

«Ma...» incalzo.

«Birillo l'ha attaccato da dietro, azzannandogli le palle. Diablo ha guaito di dolore e ha cominciato a ruotare in tondo alla velocità della luce, come quando i cani si inseguono la coda. Birillo col cavolo che gli mollava le palle. Sembrava un peluche attaccato a una giostra che gira. Ha tenuto stretto finché il suo corpo non è andato a sbattere contro il cancello. Il tonfo è stato forte, e puoi star certo che qualsiasi altro cane sarebbe morto. Ma Birillo sembrava immortale. Si è rimesso in piedi ed è schizzato fuori come un lampo. Diablo non ci ha pensato due volte e si è gettato all'inseguimento».

«E tu cosa hai fatto?»

«Mi sono alzato, ho raccolto la pala e sono corso dietro ai cani. Mi hanno seminato in un batter d'occhio.

Birillo ha puntato al bosco per rifugiarsi. Dio solo sa se ce l'ha fatta».

«Ce l'ha fatta».

«Come fai a saperlo?»

«Scacco lo ha visto in primavera».

«Chi è Scacco?»

Sorrido. «Un grande» dico.

Gli racconto di quello che ha fatto con Diablo.

«Anche lui gliel'ha messa nel culo a quel dannato dobermann!»

«Papà!» lo riprendo. «Non si dicono le parolacce».

«Quando ci vogliono ci vogliono» fa lui, e sorride. «Comunque dovevi vederlo Birillo, come gli stava attaccato alle palle».

Sorrido. «È stato coraggioso».

«Di più, Filo. Birillo è stato un eroe! Mi ha salvato la vita».

Birillo l'eroe, un mattone si forma nel mio stomaco. Me lo immagino solo, ferito, nascosto in qualche tronco dove Diablo non riesce a entrare.

«E poi è scoppiato il temporale?» chiedo.

«Sì, subito dopo. Tuoni e fulmini da spavento. L'ho chiamato e cercato fino a quando non è venuto buio».

«Perché non me l'hai detto subito?»

«Come potevo, Filo? Cosa avresti fatto se ti avessi raccontato la verità?»

«Ti avrei ucciso» rispondo sincero.

«E avresti fatto bene. Potrai mai perdonarmi?»

Ci penso su. La nuvola cullata dal vento libera la luna.

«Solo se non mi racconti più bugie» rispondo.

«Prometto» fa lui, e si appoggia una mano sul petto.

«Pensi davvero che Birillo sia vivo e possa trovare la strada di casa?»

Papà si morde una guancia.

«Sì, Filo. Birillo è un eroe, e un eroe non si arrende finché non raggiunge il suo obiettivo».

Il mattone nello stomaco si sbriciola in granelli di sabbia.

«Mi insegni a far rimbalzare i sassi sull'acqua?»

Papà si volta verso di me. Delle lacrime gli scendono lungo le guance.

«Filo» dice.

«Sì, papà».

«Ti voglio bene! Un bene infinito!»

Rimango tramortito come se mi avessero dato una bastonata in testa. Una di quelle bastonate, però, che ti rimettono tutte le rotelle a posto e ti fanno vedere di nuovo il mondo a colori.

Così gli butto le braccia al collo e lo stringo forte fortissimo. Mi metto a piangere con lui, come una femminuccia. Ma non me ne importa un fico secco.

Se può piangere mio padre, posso farlo anch'io.

E questa è una di quelle rare volte in cui piangere è bello. Bello bellissimo.

Da uomini.

Veri.

Oggi

La drogheria di Clara

Maresciallo
ovvero
di quando si rileggono i fascicoli di Tommaso e Filo

1.

Il maresciallo De Benedittis appoggia la lettera di congedo sulla scrivania. Ci penserà il brigadiere, quello nuovo, l'ennesimo, di cui ancora non gli entra in testa il nome, a inoltrarla a chi di competenza. Ha sbaraccato l'alloggio riservato a lui, due valigie di vestiti, qualche scatolone di libri e poca altra roba. Manderà un corriere a ritirarli.

Ha ripreso i fascicoli sulla scomparsa di Tommaso e di Filo. Li ha letti attentamente e ha scoperto errori, ingenuità, leggerezze. Solo il fatto che non avesse collegato i due bambini la dice lunga sulle sue capacità investigative. Sapeva dei gemelli e Adele gli aveva svelato il segreto della reale paternità. Avrebbe potuto e dovuto cogliere il nesso, quando Paride aveva nominato il nome della moglie, raccontandogli di Rullo, ma era come se la sua mente avesse voluto ignorare la connessione. Certo, l'aver cambiato il nome al figlio aveva giocato la sua parte, ma non giustificava la sua inettitudine. Forse la sua mente voleva proteggere Filo da Guelfo, chissà cosa sarebbe potuto succedere se avesse scoperto che era il gemello di Tommaso. Si rende conto che è una giustificazione di comodo, ma ormai gliene importa meno di zero. Basta rammarichi, è ora di andare avanti.

Esce dalla caserma, e prima di salire in macchina lancia un'ultima occhiata al paese, alla valle e ai monti. Un ciclista è appoggiato al muretto, osserva in lontananza la casa di Guelfo circondata da impalcature. È una giornata limpida e calda. L'aria è impregnata del profumo di grano ed eucalipto. Il maresciallo riempie i polmoni e memorizza ogni dettaglio che lo circonda. Un'ultima fotografia mentale. Non tornerà più in questi luoghi.

Si sente prendere da un'eccitazione giovanile, e sebbene la sua età sia quella che è, chi lo dice che non possa fare progetti. Andrà a vivere nel suo paese natale, in campagna. Prenderà un cane, coltiverà l'orto, farà passeggiate e ogni sera gusterà un buon calice di rosso sotto il pergolato. Viaggerà, per quello che potrà, e magari incontrerà una compagna con cui condividere il tramonto della sua esistenza. Sembra poco, ma non lo è per uno come lui, vissuto in attesa di una verità solo ora scoperta.

Ora la sua attesa è finita.

Perciò ingrana la marcia e parte.

La vita lo attende.

Filo
ovvero
di quando Amélie mi ringrazia
per la bella storia

1.

La drogheria è rimasta tale e quale. Tranne per i prodotti sugli scaffali, mi auguro. Quattro corsie strette stipate di ogni cosa e un banco in fondo per i prodotti freschi. Un supermercato in miniatura. Una sola cassa, senza cassiera. Data l'affluenza dei clienti, una sola persona può bastare.

A dire il vero, tutto il paese è tale e quale. Adagiato sul fianco della montagna, illuminato dal sole della tarda mattinata, anche il colore della pietra sembra immutato. Tra le gocce di sudore che pizzicavano gli occhi per la fatica della pedalata, scorgerlo è stato un tuffo nel passato. Un tuffo a bomba da uno scoglio di venti metri, venti come gli anni passati da quell'estate.

Sono partito in bici all'alba, risalendo il fiume finché mi è stato possibile. Il letto non è più curato come una volta, i contadini sono diventati operai, e le terre vengono coltivate da grandi trattori lasciando gli argini in balia di una vegetazione selvaggia. La delusione nel vedere il paesaggio cambiato mi ha accompagnato fino all'entrata in paese. Qui, la sensazione di immutabilità del tempo ha rimesso le lancette indietro.

Ho appoggiato la bici alla panchina, sulla piazza della chiesa. La stessa panchina su cui Scacco mi ha sorpreso a parlare con Rullo. Mi sono tolto il caschetto e ho camminato fino al muretto che dà sulla valle.

La casa di Guelfo è circondata da impalcature, un'alta gru gialla campeggia nel giardino. Noto muratori al lavoro, il cigolio di una betoniera mi arriva attenuato.

Giro a piedi l'intero paese e, a parte qualche vecchina seduta sulla soglia di casa, non incontro nessuno. Con questo sole, di sabato mattina, i pochi abitanti in età lavorativa ne approfittano per andare al mare.

Sosto qualche minuto di fronte alla drogheria. I piedi zavorrati come se all'interno ci fosse Guelfo e io fossi ancora il bambino di allora.

Alla fine scosto la tenda scacciamosche di plastica bianca e rossa ed entro.

Tranne una cliente al banco dei freschi, il negozio è vuoto.

La banconista è piegata sull'affettatrice. Indossa un camice bianco. I capelli biondi sulla nuca raccolti in una cuffia di cotone.

«Suo nipote cresce, signora Iris?» domanda. La voce è calda e cordiale.

«Cresce, cresce, Amélie. Ha cominciato a gattonare».

«Ho letto che vanno a due chilometri l'ora».

«Chi?»

«I bambini, quando gattonano».

«Davvero? Devo dirlo a mio nuora, che se non ci sta attenta se lo ritrova a far compere in centro» fa lei, sorridendo.

Amélie si volta e lancia il foglio coperto di salame sulla bilancia.

«Un etto preciso. Altro?»

Le dita affusolate senza anelli chiudono il pacchetto con precisione. Scrive il prezzo sulla carta con un pennarello nero e infila il cartoccio nella busta di plastica.

«A posto così» risponde la signora Iris.

Amélie alza lo sguardo e mi vede.

«Buongiorno» dice sorridente.

Un paio di occhiali da vista incorniciano due grandi occhi color palude. Li avrei riconosciuti anche se l'avessi incrociata per caso. L'espressione è la stessa della bambina di allora.

Alzo un braccio in segno di saluto.

«Come posso esserle utile?» domanda.

«Fate panini?» chiedo.

«Naturalmente» risponde allegra. «I migliori del paese. Il che non è difficile» aggiunge, «dato che non esiste concorrenza. Faccio il conto alla signora e sono da lei».

Amélie esce dal banco, scende dalla pedana e si dirige verso la cassa. Dal grembiule sbucano gambe abbronzate senza calze. I polpacci disegnano delle linee morbide che si uniscono nelle caviglie affusolate chiuse in zoccoli azzurri che picchettano il pavimento con leggerezza.

La signora Iris passandomi davanti mi scruta dalla testa ai piedi, poi fa una smorfia trattenuta, come se avesse visto un marziano.

Nel frattempo mi muovo in una corsia alla ricerca di una bevanda dissetante. Mi aspetto di trovare solo spuma o cedrata, invece mi devo ricredere, c'è di tutto.

Mentre scelgo cosa prendere Amélie mi chiede cosa ci deve mettere, nel panino.

«Prosciutto e pecorino» rispondo tornando verso il banco.

«Quale prosciutto preferisce?»

«Scelga lei».

Solleva lo sguardo incuriosita. Mi squadra.

«Ciclista?» domanda.

«Come ha fatto a capirlo?» chiedo, mettendo in mostra il mio completo tecnico azzurro.

«Sono un'osservatrice nata» fa lei ironica.

«Sicura, di esserlo?» la provoco.

Lei appoggia una mano sul fianco, inclina la testa e mi osserva con più attenzione.

«Dovrei conoscerla?» mi chiede.

«No» rispondo un po' deluso.

«Le metto il prosciutto nostrano. Non è blasonato come altri, ma è il migliore».

Blasonato, penso, non è un aggettivo che si addice a una banconista di una piccola drogheria di paese sperduta tra i monti.

Mi gira le spalle e comincia ad affettare. A un certo punto si blocca, alza la testa verso il soffitto. Si batte una mano sulla fronte. Veloce si volta, con un sorriso stampato da orecchio a orecchio. Scuote la testa.

«Non ci posso credere» fa lei.

Sorrido. Mi ha riconosciuto.

«Peter Stroppa! Da quanto tempo!»

«Peter Stroppa?» borbotto, e il mio sorriso si spegne. Chi diamine è questo Peter Stroppa?

Amélie si batte una mano sulla coscia e ride di gusto.

«Dovresti vedere la tua faccia» fa lei.

Scende dalla pedana e si avvicina a me.

«È bello rivederti, Filo».

Rimango in silenzio, imbarazzato. Stringo le labbra. A corto di parole le dico che anche per me lo è.

Eccome.

2.

Si è rifiutata di prepararmi il panino. Sei a pranzo da me, ha detto perentoria. Niente di che, non ti credere, un piatto di pasta e via. Si è tolta il grembiule, ha tirato giù la saracinesca ed è partita veloce per la salita.

Nel tragitto mi racconta di essere andata a vivere a casa dei nonni. Sono morti l'uno dopo l'altro nel giro di tre giorni, come quegli animali che vivono in Patagonia, che non si ricorda come si chiamano, fedeli per tutta la vita e che non possono vivere l'uno senza l'altra.

«Ma non sono mica sicura che esistano davvero» conclude.

Arriviamo davanti al portone. La chiave è infilata nella serratura.

La indico. «Come ai vecchi tempi, quando non c'era il pericolo dei ladri» commento.

«Vero, il paese è ancora un'isola felice, Filo. Ma il vero motivo è che non vivo sola».

«Ah!» mugugno. L'idea di pranzare con uno sconosciuto non mi solletica affatto.

Quando entriamo mi accorgo che l'appartamento è stato completamente ristrutturato. Il piano terra è composto da un unico vano con angolo cottura, di fronte il tavolo da pranzo e al centro un grande divano color panna che delimita un piccolo salotto col tappeto persiano e un tavolino basso tibetano. Ammiro il pavimento in vecchio cotto e le enormi travi a vista del soffitto. Sulla parete opposta all'entrata le due finestre che si affacciano sulla vallata lasciano entrare la luce rendendo la stanza molto luminosa. Le tende bianche di cotone svolazzano al vento.

«Sono tornata!» urla Amélie.

Si toglie gli zoccoli di fianco all'uscio e si avvia veloce su per le scale in legno.

Prima di arrivare in cima si volta, si china e mi dice che arriva subito.

«C'è del vino bianco in frigo, fa come se fossi a casa mia» e ride. «Un'altra cosa» aggiunge indicandomi le mie scarpe, «con tutti i chilometri e le salite che hai fatto, eviterei di toglierle».

Mostro il pollice all'insù.

Mi avvicino alla libreria che occupa un'intera parete. Piego la testa per leggere i titoli sulle coste. Perlopiù romanzi, di ogni genere, dai classici all'intera collezione del maestro dell'horror.

Mi servo il vino e mi affaccio alla finestra a picco sulle mura medioevali del paese. La vista è mozzafiato. Una mandria di soffici colline che si inseguono fino al mare, un nastrino azzurro all'orizzonte.

Riempio i polmoni del profumo del grano trebbiato e dei grandi eucalipti allineati lungo la strada che si inerpica sul monte.

«Bello, vero?»

Faccio un balzo.

«Scusami non volevo spaventarti».

Amélie ha sciolto i capelli, si adagiano morbidi sulle spalle, si è tolta gli occhiali, infilata dei jeans consumati e una maglietta verde militare con il collo a V. Lo sguardo cadrebbe volentieri sulla scollatura ma riesco a trattenermi.

«Bellissimo» dico.

Le passo il calice, facciamo toccare i bordi.

«È uscito, su non c'è».

«Tuo marito?» chiedo.

Lei ride.

«Cosa c'è da ridere?»

«Io sposata? Sei matto? Proprio no!»

«Qualcosa in contrario al matrimonio?»

«No, se a propormelo fosse un principe azzurro in sella a un cavallo bianco. Riesci a scorgerne qualcuno all'orizzonte?» fa lei ironica.

Abbasso lo sguardo sull'azzurro della mia tuta aderente e penso alla mia bici lasciata nella piazza della chiesa: bianca.

Il tavolo è apparecchiato per due. Sul fornello è pronto un tegame con del sugo al pomodoro e un altro con dell'acqua. Amélie lo accende, tira giù dalla credenza un pacco di pasta e dal frigo il parmigiano.

«Ti va di grattarne un po'?»

«Dove trovo la grattugia?»

«Là sotto».

Mentre aggiunge il terzo coperto, racconta di aver ristrutturato la casa con l'eredità dei nonni. Non tanta, ma quanto bastava per l'intervento.

«Quindi hai scelto di vivere quassù tra i monti» commento.

«Ma come ti viene in mente, Filo!» fa lei scandalizzata. «D'estate è incantevole quassù, ma d'inverno è da tagliarsi le vene».

«Pensavo lavorassi alla drogheria tutto l'anno».

«No. Lo faccio solo in estate per sostituire Clara. Io mi diverto, conosco vita morte e miracoli di tutti gli abitanti. Ci sono affezionata, a questo posto. Ma se ci vivessi d'inverno diventerei una psicopatica».

Mi immagino Amélie con l'espressione da pazza. Sorrido.

«E gli altri mesi cosa fai?»

Amélie butta il sale nell'acqua. Versa l'intero pacco di pasta e controlla l'orologio sulla parete.

«Insegno alle elementari. Naturalmente da precaria. Un anno scolastico da una parte, un altro da un'altra. Sono ancora una vagabonda senza fissa dimora. Tu invece?»

«Gestisco una piccola libreria indipendente».

«Fai il libraio, forte!»

«I libri sono stati sempre la mia passione».

«Immagino tu abbia dato un'occhiata alla mia libreria, e ti sia già fatto un'idea su di me» fa lei.

«Più o meno».

«E...?»

«Sei un'onnivora. Anche se l'intera collezione horror getta un cono d'ombra inquietante sulla tua personalità».

«È il minimo che ti può capitare quando, da piccola, ti trovi a dover fronteggiare tutta sola l'orco Guelfo».

«Mi dispiace. Mea culpa!»

«E di Rullo! A proposito, lui cosa fa?»

«Non sai niente?» domando incredulo.

«Oddio, gli è successo qualcosa?»

«Cosa ricordi?»

«Un po' tutto».

«Non lo avevano trovato quando sei venuta a salvarci da Guelfo, ricordi?»

«Sì, ma il maresciallo mi aveva riferito di averlo trovato nel bosco il giorno dopo la tua partenza e che l'aveva accompagnato a casa dei suoi genitori».

Appoggio la grattugia e il parmigiano. «L'ha detto per rassicurarti» dico.

«Perché? Non mi dire che è morto».

«Non è morto, Amélie».

«È rimasto ferito, deturpato, menomato?» mi incalza ansiosa.

«Ferma, ferma» faccio io. «Vola basso con la fantasia» il che, detto da me, suona alquanto singolare. «Rullo non è mai esistito».

«Come *non è mai esistito*?» fa Amélie interdetta. La bocca aperta e una ruga che si disegna sulla fronte. Agita il mestolo di legno in aria come un direttore d'orchestra, poi lo immerge nell'acqua e mescola la pasta. «Non è possibile» protesta, «Scacco l'ha visto».

«Scacco è matto, Amélie. Per questo poteva vederlo. Rullo era il mio amico immaginario».

«Oh, cavoli» si batte il mestolo sulla coscia. «Ora capisco perché non l'ho mai visto!»

Controlla l'orario sull'orologio. Spegne il gas e scola la pasta.

Una nuvola di vapore si alza verso il soffitto. Mi domanda se io lo vedevo per davvero.

«Eccome» rispondo. «Era reale come questo tavolo. In più ero capace di diventare lui quando decidevo di fargli vivere delle avventure».

«Come quando hai affrontato Guelfo».

Annuisco.

Amélie scuote la testa. Sorride. Versa la pasta nel tegame con il sugo e la gira. «E sarei io ad avere un'ombra inquietante nella mia personalità» commenta. «Passami il formaggio grattugiato, uomo svitato».

Glielo allungo.

«E lo vedi ancora?»

«Chi?»

«Rullo, chissà chi!»

«No, certo che no» rispondo offeso.

«Io sì» prorompe una voce maschile alle mie spalle. Faccio un balzo dallo spavento, come se la voce appartenesse a un fantasma comparso dal nulla. Nell'alzarmi faccio cadere la sedia. Mi volto con gli occhi sgranati e fisso sbigottito il tipo che mi trovo di fronte. Indossa mocassini senza calze, un montgomery verde e un cappellino di lana a strisce arancioni e gialle dal quale spuntano dei ricci brizzolati che arrivano alle spalle. Le rughe hanno invaso il suo volto da uomo, ma quell'espressione burlesca da ragazzino è tale e quale.

«Scacco!»

«Filo!» fa lui.

D'istinto mi viene da abbracciarlo, ma lui atterrito fa un passo indietro. Mi ero scordato di quanto detesti essere toccato.

Alzo le mani con gesto di scusa.

Scacco allarga la bocca in un sorriso. Gli mancano gli incisivi centrali, come ai bambini quando perdono i denti da latte. Poi dice una cosa che mi spezza in due. «Rullo lo diceva che saresti tornato, era pronto a scommetterci le mutande. Ripeteva che Filo non è il tipo da scordare le persone importanti».

Non lo è.

Un tipo così.

Filo.

Ripeteva.

3.

La pasta è ottima ma non va proprio giù. A metà piatto mi arrendo. Scacco lo afferra senza permesso e ci pensa lui.

Durante il pranzo vengo a sapere che Amélie si è presa cura di Scacco da quando don Filippo si è trasferito, lasciando la diocesi scoperta. Lo tiene con sé anche durante l'anno scolastico, come un fratello maggiore. L'alternativa sarebbe stata una comunità per malati mentali. Ma l'idea era orripilante.

Scacco d'altronde è poco impegnativo e molto abitudinario. Sta fuori tutto il giorno, cammina con passo felpato da pantera, sole o pioggia che sia, e rientra solo a pranzo e cena. Alle nove è a letto. Devi insistere affinché si faccia la doccia, ma per il resto è autonomo.

«Ha gli stessi vestiti di vent'anni fa» faccio notare.

«Non proprio, Filo. Vieni con me».

La seguo al primo piano nella camera di Scacco. Si dirige spedita al grosso armadio in arte povera.

«Sei pronto?»

Annuisco.

Amélie afferra le maniglie e spalanca le ante.

Perfettamente in ordine, appesi alle grucce, una sfilza di montgomery verdi identici. Ne conto più di sette. Rimango sbalordito. Amélie ne sbottona uno. All'interno sono appesi un calzone marrone di velluto a coste larghe e un maglioncino bordò. Mi mostra il cassetto in fondo, stipato fino all'orlo di berretti di lana a strisce arancioni e gialle.

«Ho fatto salti mortali per trovarli. D'altronde Scacco si rifiuta di indossare altri vestiti. È una forma di ossessione. L'unica cosa che sono riuscita a ottenere è che si mettesse le mutande. Ho sudato mesi per riuscirci. Circa i calzini, ci ho rinunciato».

Ci spostiamo in corridoio. Indica la scarpiera.

«Inutile che te la apra» mi fa.

Quando scendiamo, Scacco ha ripulito tutti i piatti e si massaggia la pancia.

Amélie mi propone un caffè. Accetto volentieri.

Mi siedo al tavolo e chiedo a Scacco se si ricorda l'avventura da Guelfo.

«Ogni istante» risponde.

L'immagine di Scacco che distrae Diablo e corre a gambe levate con il dobermann alle calcagna mi torna vivida come sul grande schermo del cinema.

«Mi hai salvato la vita con Diablo» gli dico. «Cos'è successo poi?»

Scacco si rabbuia come se toccassi un tasto troppo dolente.

Amélie accende la moka e si siede al tavolo. Appoggia una mano sopra quella di Scacco, gliela massaggia. Lei può toccarlo.

«Sono rimasto due giorni e due notti sotto l'albero» racconta.

«*Sotto* l'albero?» sottolineo. «Semmai sopra» lo correggo.

«Prima sopra, poi sotto».

Getto uno sguardo perplesso ad Amélie. Lei fa un cenno con la testa, della serie non interromperlo.

«Prima correvo a più non posso e mi sono arrampicato sull'albero. Diablo sotto a fare il gradasso, cattivo cattivo. Non voleva andare via. E io mica sono matto, a scendere, nemmeno nell'anticamera del cervello. Contavo se ne andasse. Invece niente. Allora gli ho gettato la polpetta, ne avevo ancora una».

«Con il sonnifero di mio nonno» precisa Amélie.

«Lui l'ha mangiata ed è crollato, stecchito a terra».

«L'hai ammazzato?»

Scacco sospira, scuote la testa. Diablo dormiva come un cucciolo, lui è sceso e l'ha lasciato là. Ma mentre camminava verso il paese una voce in testa gli urlava assassino, assassino di anime buone, Diablo non è cattivo, faceva solo il suo dovere, tenere alla larga i ladri, gli urlava la voce. Così è tornato, si è disteso accanto a lui, lo ha abbracciato e ha aspettato che si svegliasse. Diablo, quando ha aperto gli occhi, piuttosto che azzannarlo, che in fondo se lo meritava pure visto che lo aveva quasi ucciso, ha cominciato a scodinzolargli attorno e leccarlo in faccia come fosse sua madre.

Scacco si strofina il naso. Dice che ora deve andare. Gli chiedo dove, risponde che deve avvertire Rullo del mio arrivo. Si alza ed esce.

Silenzioso.

Col passo da pantera.

5.

Al gorgoglio della moka, Amélie versa il caffè e mi passa la tazzina.

Racconta che Diablo e Scacco erano diventati inseparabili.

«Praticamente quel cane è diventato la sua ombra».

«E Guelfo? Non è venuto a riprenderselo?»

«Ci ha provato. Veniva con il guinzaglio e se lo riportava a casa. Ma il giorno successivo Diablo era di nuovo al fianco di Scacco. Secondo me ogni notte Scacco lo andava a liberare».

Amélie raccoglie le tazzine e le mette nel lavello.

«Fino a quando è vissuto Diablo?»

«A lungo. Quando, ormai vecchio, non riusciva più ad alzarsi, Scacco l'ha preso in braccio ed è sparito con lui per diversi giorni. L'ha portato sotto il loro albero. Si è disteso al suo fianco e l'ha abbracciato fino alla morte. Diablo è sepolto là sotto».

Le campane della chiesa rintoccano le tre.

Sospira. Dice che deve tornare in negozio. Prima dell'apertura deve sistemare della merce.

«Ti accompagno» faccio io.

Scendiamo in silenzio lungo il vicolo. Il rumore ritmico dei passi si confonde con il lontano frinire delle cicale.

Fuori dalla drogheria Amélie mi allunga una mano. Gliela stringo. Morbida e liscia.

Fisso per un istante i suoi grandi occhi color palude, e imbarazzato distolgo lo sguardo. Farfuglio qualcosa di insignificante circa al fatto che il ritorno è tutto in discesa, sarà una gita piacevole.

«Buona pedalata!» fa lei.

Sorrido. Le lascio la mano.

«Recupero la bici e vado. Salutami Scacco».

«Sarà fatto. Ciao!»

Si volta, scosta la tenda scacciamosche ed entra.

Le strisce di plastica bianche e rosse sbattono tra loro emettendo un ticchettio stonato. Le fisso finché non si bloccano, quindi decido di andare.

Dopo qualche passo la voce di Amélie mi chiama. Si avvicina veloce.

«Mi sono dimenticata di chiederti una cosa» mi fa.

«Il numero di telefono?» rispondo spontaneo.

«Non quello» fa lei seria.

Vorrei essere uno struzzo e sotterrare le testa sotto la sabbia.

«Cosa allora?»

Lei sposta una ciocca di capelli dalla fronte, la fa passare dietro l'orecchio.

«Anche Birillo era immaginario?»

Abbasso lo sguardo sulle scarpe. Mi mordo il labbro. Scuoto la testa.

«No, Amélie. Birillo era reale. Eccome se lo era».

«E l'hai ritrovato?» sussurra, consapevole di toccare un tasto delicato.

«L'ho aspettato per settimane in giardino, un occhio alla strada. Ero convinto che riuscisse a trovare la strada di casa».

«E non ci è riuscito?»

«No».

Mi appoggia una mano sull'avambraccio. La stringe. «Mi dispiace».

Sorrido.

«Aveva sbagliato strada».

«Cosa?» strabuzza gli occhi come se si fosse svegliata da un sogno.

«Birillo si è mosso nella direzione opposta. L'hanno trovato a più di cento chilometri da qui sul ciglio di una strada, privo di forze. Era moribondo, ma una buon'anima l'ha portato al canile comunale dove l'hanno rimesso in sesto. Nel frattempo mio padre, che non si è mai dato per vinto, continuava a chiamare tutti i canili, finché un bel giorno ha chiamato proprio quello. Non mi disse niente. Salì in macchina e me lo portò all'uscita di scuola. È stato il giorno più bello della mia vita».

«Ci credo» fa Amélie. «Chissà che feste».

«Sono stato investito da un uragano peloso. Mi ha fatto cadere lungo sul marciapiede. Birillo era pelle e ossa, ma aveva l'energia di un'esplosione atomica».

«Hai perdonato tuo padre?»

«Sì. Ma non gli ho più permesso di portare Birillo a tartufi» sorrido.

«Vorrei vedere. Come sta?»

«In perfetta forma. Non ha toccato più una sigaretta.

Al vino non è riuscito a rinunciare, ma non ha più esagerato».

«Intendevo Birillo».

«Ah... se fosse ancora vivo sarebbe il cane più vecchio al mondo!»

Amélie sorride. «Vero. Colpa della sensazione di sentirmi catapultata indietro nel tempo».

«Capisco. Comunque Birillo è morto qualche anno dopo. Il suo fisico aveva risentito della lunga debilitazione. Non si è mai ripreso completamente. Ma è morto sereno, di notte, raggomitolato ai piedi del mio letto».

I grandi occhi color palude sono lucidi. Mi lascia l'avambraccio e mi ringrazia per la bella storia.

«Ma dai, sono io che ti devo ringraziare».

«Non dire sciocchezze, ti ho solo offerto il pranzo».

«Molto di più».

«E cosa?»

«Anche il caffè».

Lei ride. Risponde che se è per questo avrò modo di sdebitarmi quando passerà in libreria.

E succederà.

Prima o poi.

Rullo
ovvero
di quando neanche con la fantasia di Walt Disney

1.

È ridicolo, come si veste intendo. Con quella tuta azzurra attillata e quel casco a forma di alveare.

Sono anni che sogno questo incontro, ma neanche con la fantasia di Walt Disney l'avrei immaginato conciato così.

Filo solleva la bici dalla panchina. Ci sale sopra.

Scacco accelera il passo felpato, gli arriva da dietro e gli tocca la spalla.

Filo sobbalza sorpreso, perde l'equilibrio, fa qualche salto sulla gamba sinistra prima di ruzzolare a terra. «Cavoli, Scacco, mi hai spaventato» si lamenta. «Mi prendi sempre alle spalle».

Si tira su e spazzola i granelli di ghiaia dalla tuta.

Scacco si scusa, poi dice che c'è una persona che lo vuole incontrare.

«Chi?»

«Un amico».

Filo dice va bene, dov'è?

Scacco si volta verso di me. «Eccolo!» fa, e allarga le braccia come un prestigiatore che scopre il telo di fronte alla platea.

«Eccolo *chi*?» chiede.

Rimango spiazzato come un portiere fermo al centro della porta che guarda il pallone insaccarsi all'incrocio. Tutti gli scenari immaginati del nostro ricongiungimento si disintegrano come una meteora che tocca l'atmosfera terrestre. Ora rimane la cruda realtà: Filo non mi vede.

E io che volevo abbracciarlo.

Mi volto e mi allontano abbacchiato.

Scacco mi chiama. «Fermati, Rullo».

«Rullo?» domanda Filo. La voce vibra come se si trovasse alla prima recita della scuola. «Dov'è?»

Scacco indica verso di me.

Io sbraccio e urlo come un forsennato, ma lo sguardo di Filo mi trapassa. Non solo non mi vede, non riesce nemmeno a sentirmi.

Vado alla panchina e mi siedo. La testa mi si ritira tra le spalle curve, come una tartaruga.

Scacco continua a indicarmi.

«Si è seduto sulla panchina».

Filo si avvicina. Dice a Scacco di indicargli il punto preciso. Lui lo prende da dietro come se fosse un manichino e lo sposta di fronte a me.

«Indicami dov'è il suo viso».

Scacco si sposta dietro di me. Sento le mani calde e sudate sulle mie guance.

«Com'è vestito?»

Scacco glielo descrive.

«Quanto è alto?»

Scacco solleva un braccio all'altezza della spalla.

Filo sorride. «È rimasto tale e quale» commenta. «Non è cresciuto».

Scacco annuisce.

«Può sentirmi?» chiede.

Scacco dice di sì, che posso sentirlo.
«Può parlare?» chiede.
Scacco dice di sì, che posso parlare.
«Ma io non lo sento» fa lui deluso.
Rimane un attimo in silenzio poi tira fuori uno dei suoi colpi di genio, uno che io nemmeno se mangiassi fosforo per un trilione di anni.
«Scacco, puoi dirmi quello che dice Rullo?»
Lui risponde che sì, che può ripetere tutto quello che gli dico, per filo e per segno con tanto di punteggiatura.
Filo si illumina, prende Scacco per le orecchie e gli bacia la fronte.
Scacco urla come un ossesso, saltando sul posto.
Filo si scusa.
Scacco risponde di non rifarlo più.
Filo promette. Chiede di aiutarlo, che vuole parlare con me.
Si siede sulla panchina, alla mia destra, si volta verso di me e dice di essere dispiaciuto di non potermi vedere né sentire, ma di essere strafelice di incontrarmi.
Le sue parole sono come un tè bollente in cima a una montagna a dieci gradi sotto zero, mi scaldano tutte le viscere fino al buco del sedere. Il che non è una bella immagine, ma rende.
«Pensavo che Guelfo ti avesse ucciso» aggiunge.
Gli dico che ci è mancato tanto così. Se Amélie non avesse suonato il campanello, non starei qui a raccontarlo. A proposito, dico, hai visto quanto è diventata bella Amélie?
Filo annuisce e ride. Mi chiede di andare avanti e di raccontargli cosa è successo dopo che l'avevo lasciato in cantina, nascosto dietro la botte.

Gli riferisco nei dettagli il dialogo con Guelfo fino all'istante in cui, accasciato contro la porta chiusa, lui mi mostra soddisfatto la chiave, dice che conosce i suoi polli e pronuncia le quattro parole che sono tutte un programma.

«Quali?» mi interrompe, o meglio interrompe Scacco che ripete pari pari le mie parole.

«*A noi due, moccioso*!»

«E tu, cosa hai fatto?»

«Semplice. Ho chiuso gli occhi e ho detto addio al mondo».

Filo ride di gusto. «E in quell'istante Amélie ha suonato il campanello».

«Già. Proprio così. Il mio angelo custode. E di Scacco» aggiungo.

Filo mi invita a continuare.

«Guelfo è rimasto interdetto. È andato alla finestra per vedere chi era. Sollevato che non fossero i carabinieri, ha preso due canovacci, è venuto verso di me, mi ha legato la bocca e i polsi, caricato in spalla e rinchiuso in cantina».

«Com'è che i carabinieri non ti hanno visto, quando si sono messi a cercare?» fa lui.

Ora sono io che mi metto a ridere.

«Filo, ero il tuo amico immaginario, come potevano vedermi?»

«Lo sei *ancora* il mio amico immaginario» sottolinea Filo.

Queste parole mi sciolgono e ci puoi giurare che gli salterei addosso se solo potessi.

«C'era un'altra persona che poteva vedermi» dico.

«Chi?» chiede curioso.

«Guelfo!»

«Davvero?!» esclama sorpreso.

«Me ne sono accorto la sera quando è tornato in cantina. Mi ero nascosto in fondo alla botte, dove ti eri nascosto tu. Speravo non mi vedesse. Invece si è piegato e mi ha invitato a uscire. Ti vedo, moccioso, ha detto. Vieni fuori da solo o vuoi che ti convinca io?»

«Ti sei lasciato convincere, immagino» Filo si toglie il casco. Si gratta i capelli brizzolati sopra le orecchie.

«La canna del fucile è stata molto convincente».

Gli racconto di come Guelfo mi abbia scortato in bagno. La vasca era piena di schiuma e il vapore aveva appannato lo specchio. C'era profumo di pino silvestre. Entra, mi ha ordinato, lavati per bene, puzzi come un maiale. Neanche morto gli ho risposto, tu mi vuoi affogare. Guelfo si è messo a ridere. Ha tirato su il fucile e io roba che me la faccio sotto. Me l'ha passato. Prendilo se non ti fidi.

Qui la cosa mi puzza, ho risposto. È il tuo odore, ha ribattuto, comunque fa come ti pare. Ha appoggiato il fucile al lavandino. Lì ci sono gli asciugamani e dei vestiti puliti, forse ti stanno un po' grandi. La roba sporca infilala direttamente in lavatrice. Ti aspetto in cucina quando hai fatto. Per cena c'è dello stufato con patate. È uscito senza chiudere la porta a chiave. Fuori cominciava a fare buio, io puzzavo davvero e dalla cucina arrivava un profumino che il mio stomaco faceva un triplo salto carpiato all'indietro con avvitamento. Se devo morire, mi sono detto, meglio pulito e con lo stomaco pieno. E poi avevo sempre il fucile. Mi sono liberato dei vestiti e infilato nella vasca. A dire il vero, prima ci ho buttato il tubetto di dentifricio per verificare che non fosse riempita d'acido. Dopo un'ora Guelfo ha bussato, la cena è pronta, ha detto. Mi sono asciugato, vestito con dei jeans e un maglietta in cui ci navigavo, ho imbracciato il fucile e sono andato in cucina come se dovessi andare in trincea. Mi mancava solo l'elmetto.

Concedo a Scacco il tempo di ripetere le mie parole. Lo fa alla lettera, arricchendo il tutto con una mimica esagerata. Cammina intorno alla panchina un po' piegato per ripararsi dal fuoco nemico. Abbassa di un tono la voce per imitare Guelfo e l'alza di due per imitare la mia.

«Così ci parlano le bambine» protesto.

Scacco sghignazza. Filo sorride e mi invita a continuare.

Ho cenato con il fucile tra le gambe, divorando tutto.

Neanche Diablo è capace di mangiare con tanta voracità, ha commentato Guelfo. Dopo cena si è acceso una sigaretta, versato una grappa e si è seduto sul divano. Ho preparato la tua stanza, ha detto, se vuoi fermarti per la notte sei il benvenuto, se vuoi andartene, sei libero di farlo.

«Non ci posso credere» commenta Filo.

Figurati io, che avevo detto addio al mondo.

Guelfo mi ha accompagnato nella camera di Tommaso. Aveva tolto il lettino e messo un materasso appoggiato sui bancali. Sembrava soffice come una nuvola di cotone, le lenzuola profumavano di pulito, avevo un sonno infinito e l'idea di farmi tutta la scarpinata di notte per tornare in paese si è dileguata in un battibaleno. Va bene, me ne vado domani mattina, ho detto.

Buonanotte allora, ha detto lui.

Ho chiuso la porta a chiave, ho appoggiato il fucile e nel giro di qualche secondo ronfavo alla grande.

Il campanile rintocca le quattro. Ci giriamo tutti insieme e guardiamo all'insù le campane.

«E la mattina sei tornato in paese?» chiede Filo.

Sorrido e scuoto la testa. Scacco mi imita.

«Sono rimasto con Guelfo fino alla sua morte».

«Cosa?» esclama Filo, la bocca spalancata come una galleria ferroviaria.

La mattina successiva Guelfo mi ha svegliato all'alba per colazione. Una brocca di latte appena munto, la marmellata fatta in casa, il pane appena sfornato, lo zabaione con le uova delle galline sopravvissute. Insomma, non avevo mai mangiato tanto bene in vita mia.

Una volta rimpinzato, Guelfo mi ha salutato, vado nei campi, il dovere mi chiama. Vai con il trattore? ho chiesto curioso.

Sì, vuoi guidarlo?

Be', mi sono detto, quando più ti ricapita di guidare un trattore? Posso sempre andare in paese nel pomeriggio. Così l'ho seguito, dimenticandomi il fucile in cucina.

È stato uno spasso, Filo. Dopo il trattore mi ha proposto di slegare Matilde e portarla a brucare nel prato. Potevo rifiutarmi quando mi aveva ospitato per una notte intera nella sua mangiatoia? Quindi è stato il turno di accudire i conigli, le galline, i maiali. C'erano migliaia di cose da fare a da imparare nella fattoria. E il tramonto mi ha preso alla sprovvista.

Vado via domani, mi sono detto, ma la mattina successiva Guelfo mi ha proposto di raccogliere i pomodori e di portarli al mercato. Mi avrebbe fatto guidare la macchina, e così ha fatto.

Stavo bene con Guelfo. Lui parlava poco, ma faceva tante cose. Dopo un po' di tempo ha iniziato a chiamarmi Tommaso. Ho protestato, ma considerava Rullo un nome da pagliaccio. Così l'ho lasciato fare, a lui piaceva Tommaso, gli ricordava il figlio, e a volte gli venivano gli occhi lucidi. Non mi ha mai obbligato ad andare a scuola, e potevo andare in paese quando volevo, bastava che tornassi all'ora concordata. Mi incontravo spessissimo con Scacco. Se non andavo in paese, veniva lui a trovare me, con Diablo.

«Sai dov'è sepolto Tommaso?»

«Naturalmente. Ci andavamo per ogni compleanno. Guelfo, al posto dei fiori, gli portava mazzi di lecca lecca. È un posto segreto, segretissimo».

«E segreto rimarrà» aggiunge Scacco.

Riprendo il racconto e dico che con Guelfo sono stati anni felici. Si è preso cura di me come un padre. Si portava dentro un dolore profondo e un senso di colpa infinito, che esprimeva solo nei sogni tormentati in cui parlava ad alta voce. La mia compagnia lo distraeva, a volte riuscivo perfino a farlo ridere. È morto all'improvviso, un infarto, mentre vangava l'orto. L'ho visto accasciarsi e sono accorso. Mi sono inginocchiato e gli ho stretto la mano. Lui mi ha guardato e ha sussurrato di non preoccuparsi, che aspettava quel momento da sempre. Aveva una serenità come non gli avevo mai visto. E mai avevo immaginato quanto la morte possa essere di sollievo per un uomo.

«Hai sofferto?» mi chiede Filo.

Molto, rispondo, ma paradossalmente ero anche felice. Le stesse emozioni che ho provato quando ti ho visto andar via con tuo padre. Ero sotto la grata della finestra della cantina. Ti ho chiamato e tu non mi hai risposto. Ho pensato che non avevo alzato la voce abbastanza. Ora capisco, già in quel momento non potevi più sentirmi né vedermi. Era naturale che fosse così. Il mio compito era finito con te, Filo. Ora potevo aiutare un'altra persona. E quella persona è stata Guelfo.

«E dopo Guelfo ora è il turno di Scacco» fa lui.

Guardo Scacco. Gli lancio un leggero cazzotto sulla spalla.

Lui lo schiva.

«Sì, ora è il turno di Scacco. Ed è divertente al massimo».

«E anche per me» conclude Scacco con un risolino. Alzo la mano e lui batte il cinque.

«Ho un'ultima domanda» fa Filo.

«Spara!» faccio io.

«Parli ancora con mamma?»

«Tutti i giorni».

«Come sta?»

«Bene. Veglia su di noi come sempre».

«Me la saluti?»

«Ci puoi giurare».

Filo sospira e sorride. Dice di pesare un quintale in meno.

Ora.

Aggiunge di aver pensato a me ogni santissimo giorno, e per quanto fosse consapevole che ero solo un amico immaginario si chiedeva che fine avessi fatto. Mi aveva promesso che avrei riportato le chiappe sane e salve a casa, parola di scout. Si sentiva un traditore.

«Non lo sei stato, Filo. Le mie chiappe sono al sicuro» gli dico. «Ora rimane solo che mi insegni a nuotare».

«Con immenso piacere, grande amico» mi fa e getta le braccia al collo di Scacco. Lui resta immobile come un tronco, pronto a urlare dal panico.

Mi avvicino al suo orecchio e gli sussurro: «Scacco, abbraccia Filo per me, abbraccialo forte, ti prego».

E lui, come per incanto, chiude le braccia a tenaglia e stringe forte fortissimo Filo. È una gara per chi stringe di più. È un abbraccio olimpionico da medaglia d'oro, mi ci butto anch'io e ci puoi giurare che piangiamo tutti, non dico come femminucce, ma poco ci manca.

Ma chissenefrega!

Ringraziamenti

Se Elia, nei primi mesi di vita, non avesse fatto quel pisolino mattutino dalle 10 alle 11, questo romanzo non avrebbe visto la luce. Grazie di cuore per quei momenti di scrittura e felicità, con te che dormivi tra i cuscini del divano, che rimarranno impressi indelebili nella mia memoria.

Grazie di cuore anche al fratellino Mattia, arrivato un po' dopo, ma che ha contribuito ad alimentare la creatività e ad arricchire il magico mondo di Filo e Rullo.

Un grazie pieno d'amore a Monica per esserci e sostenermi sempre, in questo straordinario viaggio a volte tortuoso chiamato vita.

Un grazie speciale a Chiara Michelon, Massimo Minuti, Marco Monina che in tempi non sospetti hanno letto e creduto nel romanzo, e per i loro preziosi consigli.

Grazie a tutti i lettori scrittori partecipanti (e purtroppo anonimi) del torneo letterario IoScrittore che hanno letto e valutato con generosità e onestà critica *Io non ti lascio solo* donandomi la grande soddisfazione di essere tra i vincitori. Auguro a tutti voi di continuare a crederci, a coltivare la passione per la scrittura e, presto, di realizzare i vostri sogni letterari.

Ringrazio di cuore Lucia Tomelleri, Isabella Polli e Francesca Cianfrocca per l'entusiasmo, la gentilezza, la pazienza nel lavoro di editing e di redazione, e per aver contribuito con la loro grande professionalità a migliorare il romanzo.

Grazie a Stefano Izzo per la passione, il calore e la fiducia che mi ha trasmesso fin dal primo incontro: un amico ancor prima di un bravissimo editor.

Con grande stima per il loro lavoro e la loro scrittura, ringrazio Simona Sparaco e Viola Ardone per le bellissime parole e per l'attenzione con cui hanno letto il romanzo.

E infine ringrazio te, lettore/lettrice, per il tempo che hai dedicato alla lettura di questo romanzo con l'augurio che i protagonisti e le emozioni di questa strampalata storia ti accompagnino a lungo non lasciandoti solo/a.

Indice

Questo libro è stampato col sole

Azienda carbon-free

Fotocomposizione: Alessio Scordamaglia

Finito di stampare
nel mese di gennaio 2021
per conto della Adriano Salani Editore s.u.r.l.
da Grafica Veneta S.p.A. di Trebaseleghe (PD)
Printed in Italy